# 蜉《かげ》蝣《ろう》の記憶

五嶋 幸夫
GOTO Yukio

文芸社

# まえがき

この作品は、四年余りにわたる妻の病との闘いを綴ったものです。登場人物、施設名などは仮名や記号を使っています。

妻は闘病の甲斐なく、他界しました。それがきっかけとなった作品ですので、当然のことながら、妻はこれを読むことができません。

しかし、それをわかっていながらも、この作品を書く手をゆるめることはできませんでした。何があろうとも、これだけは仕上げなければならないという思いに、ただただ、突き動かされていたのです。その思いとは、いったい何《なん》だったのでしょうか。

妻との闘病の日々。耳を疑うような事実と追いつめられた人たちのせつない言葉に、私の心は揺れ動きました。人生が凝縮されたような四年余りの月日でしたが、そのままにしておいては時の流れに沈み、やがては消えてしまうでしょう。脳裏に去来するさまざまな残像が薄れないうちに、私はあの日々を確かに生きた証として、それらをここに刻んでおきたかったのかもしれません。

# 目次

# 一　蜉蝣の訪れ

「なんだ？　あの音は」

その日の朝、自宅で遅い朝食をすませた私の耳に、いきなり凄まじい振動が伝わってきた。バキバキ、ドンドンと、近所中に響き渡っているような音だ。

私はすぐに合点がいった。妻の京子が生前、病に伏していたベッドを娘婿が庭で取り壊しているのだ。娘婿は事前に了解を求めてきたので、それは私も承知していた。

「朝からうるせえなあ」

私は心から承知していたわけではない。

一年前の京子の死をきっかけに娘一家が引っ越してきた。近くのマンションからの引っ越し荷物のため、私の家はすぐに手狭になった。表札こそは「三島」のままで間に合ってはいたのだが……。

しかし私は何も文句じみたことは言わなかった。娘夫婦が語る、「すべてはお父さんのため」「お父さんが一人でいて何かあったら」という話を聞き、それももっともかと思ったのである。

いや正確に言えば、それを理解してやることも父親の務めだと自らに納得させたのだ。女房がいなくなってもおれは別に困っちゃいない、というのが本音だ。

家の中はやけに静かだ。娘の綾乃は、今日これから予定している花見の買い出しに行っている。いつもなら休みの日の朝は傍らでゲームなどをしている、孫の姿も見えない。

「良太はどこだ。手伝いか？」

この春小学校にあがる良太は、パパのやることは何でもやりたがる。ときには強引とも思えるくらいの勢いで、娘婿のやっていることを取ってしまうこともある。

そんな孫を私は、おれに似て一途だなあ、と思っていた。

騒音はますます激しくなってきた。

私にはそれはだんだんとベッドの、いや京子の悲鳴にも聞こえてきた。

京子の匂いがしみついたベッドだ。京子の出血の跡とか点滴の漏れた跡とかが、しみになって残っている。他人が見たら汚い、不潔だと思うだろう。しかし、私にとっては京子との生活の跡だ。一つ一つのしみは京子が生きた証だ。

私はたまらず玄関を飛び出した。逃げるためではない。自分も手伝って、はやくその痕跡を消したかったのだ。

ベッドの取り壊しを承知した以上、今さらやめろとは言えない。また、その状況でもない。

今私にできることは、自分も手伝ってはやく作業を終わらせ、目の前からその愛しい姿を消し去ることだった。そうして忘れてしまうしかなかった。私は小さなノコギリを持って黙ったまま、今まさに解体された板を小さく切り始めた。

慣れない手つきで切っていると、そのそばに孫の良太が膝を抱えて座っていることに気がついた。

「なんだ、良太。お前、パパのお手伝いをしてるんじゃ……」

顔を上げた私は言葉が止まった。良太が自分の膝を抱えたまま涙を浮かべ、必死の形相でつぶやいている。

「ゆるさない、ゆるさない……」

その瞬間私の手元のノコギリがずれて、押さえていた左の親指の上に落ちた。みるみる血が点から線になって浮き上がってきた。

しかし痛みは感じなかった。刹那に感じた良太の胸の痛みを考えれば、そんなことはなんでもなかった。

「良太」

思わず叫んだ私の声は、娘婿の腕が出し続けているバリバリ、バキバキという音と重なった。

私は胸のあたりから湧き上がってくる震えを抑えることができなかった。冷静を装って言葉を選んだが、そのかん高い声は乾いた空に響いた。

「もうやめようよ。良太がかわいそうだよ。あとで良太がいないときにおれがやるから」

私は持っていたノコギリを投げ飛ばした。

「昭夫さん」

刹那、京子に呼ばれたような気がした。私はかまわず家に入って財布をつかみ取ると、自分の車に飛び乗り、急発進させた。

そのあと高速道路をひた走りに走り、東京近郊にある私の家からおよそ九十キロ離れた京子の眠る墓所に来たのだった。

「来ちゃったぜ、京子。お前には悪いことをしたなあ」

私は墓前に突っ立ったまま、今さらながら自分自身がなぜここにいるのかわからないような感覚のまま、思わずつぶやいた。

「ほんとは今日は来る予定じゃなかったんだけど、来ちゃったよ。ちょっとカッとしちゃってな」

まだ冷たいが、時折ゆるやかに北からの風が顔をなでていく。そばに一本だけある桜の細い枝についた芽は、淡いピンク色になりかけていた。日はすでに西に傾いていた。

「京子、すまなかった」

私は再び、妻への詫びを口にした。

「その代わりと言っちゃなんだが、今日は特別にでかいのを買ってきたぜ」

いつもだと税込で一束四百九十円のものだが、この日の供花は九百八十円だった。いっしょに途中のスーパーで買ってきた線香を焚き、花を供えてペットボトルの水をなみなみと入れた。

この町は私の出身地だ。とは言っても生まれ育った家は、もうない。国道の拡張工事のため、否応なく立ち退きを迫られたのだ。生まれ育った家がなくなり、私がこの町を出てからもこの墓所だけはそのまま残っていた。この町で唯一残っている、私の生まれ育った証と言ってもいい。

昨年亡くなった妻の京子は、今まで暮らしていた家から遠く離れたこの地に葬られ、新しい墓石が建っていた。今私の目の前のそこには、両側に幾種類かの大きな淡い色をした花が生けられ、真ん中からは墓石が霞むほどの線香の煙が立ち上っている。

「なんまんだぶ、なんまんだぶ……」

ひととおり終わると、私は墓石の角の吹きだまりの木の葉を拾い始めた。

「ここは風が強いからなあ。よくたまっちゃうぜ」

乾いた音を聞きながら、私はふと手を止めた。まだ拾いあげてない木の葉の上で、何か小さなものがひらひらと揺れている。虫のようだった。細長い体から突き出た透きとおった羽が風を受けている。

「虫か？　もう出てくるのか」

四月初めとはいえ、ここは群馬の山の中。北に目をあげれば、上越国境の谷川岳はふくよかな雪に埋もれたままだ。

「茶色か。何という虫だろ。ずいぶん薄い羽をしてるな。蜉蝣、か？　こんな色をしたのもいるのか」

私はその虫に手を伸ばしたが、虫はそれよりもはやく私のズボンの裾に取りついてきた。その素早い動きに戸惑って一瞬引きながらも、私は人間と虫という異世界の仲のことだと思い、また別にとるに足らないことでもあったので、それをあえて払うことはしなかった。

しかしそんな虫に気を取られたことで、それまでがんじがらめになっていた自分の凝り固まっていた意地のようなものが、一瞬取り払われた気もしていた。それは唐突にこの墓所に来ることになった、今朝のパニックにも似た鋭い感情から、徐々に自分本来の落ち着いた気分へと転換を図るきっかけとなっていった。

私はふっと気がついたように周りを見回した。

静かだ。

今ここには私のほかは誰もいないようだ。なぜかほっとした気持ちで首を垂れると、先ほどの虫はまだじっと私のズボンの裾に取りついている。

そうだ。そういえば、あのときも……。それを見つめる私の脳裏に、ある記憶がよみがえってきた。

## 二　良太の問いかけ

長患いだった。

——五年前。

「悪性腫瘍だそうです」

正月明け早々にいくつめかの病院に行った妻の京子から届いたメールの文字は、容赦なく私の両目に飛び込み、心の奥深くにべったりとこびりついて冷静な思考をいったん止めてしまった。

京子のメールに返信しようと思ったが、できなかった。何も思い浮かばなかった。どんな言葉にせよ、それが単なる記号である限り、あまりにも軽すぎる気がした。

私は、この覆せない事実と混乱を共有できる存在を求めようと、すぐに近くのマンションにいる娘の綾乃を呼んだ。綾乃も強じんな神経をもっているとは言い難かったが、たとえそうであっても、私は一刻も早く綾乃に会いたかった。

綾乃はすぐに車で来た。いつもの庭側にある駐車場に停めずに玄関前で降り、そのままチャイムを鳴らしたようだった。京子のメールは綾乃にも送られたらしく、綾乃の顔はろう人形のように青白くこわばり、玄関のドアを開けて顔を見合わせても、お互いすぐに言葉は出なかった。

「これってガン、ってこと?」

ようやく綾乃が口を開いた。

「そういうことだな。詳しいことは、お母さんが帰ってこないと何もわかんないけど」

私は自分ではタブーとも思っていたその言葉を何のためらいもなく発した綾乃に、遠慮のない子どもらしさを感じた。むしろ綾乃が先に言ってくれたので、ほっとした。そこから先は綾乃との会話もとぎれた。

今、綾乃としゃべることは、いらぬ憶測を呼び込むだけだと私は思った。それにお互いあのメールだけで何をしゃべったらいいのか。すべて京子がにぎっている。今後のこともそれで決まる。さっきまでの会いたい思いは吹き飛び、今は綾乃との会話さえタブーに思えた。

綾乃がどう思っていたかは私は知らない。綾乃もじっと口をつぐんでいる。私はこんなときは父親として綾乃にどう接していいのか、わからなかった。慰めたらいいのか諭したらいいのか、ちがう話題で気をそらしたらいいのか……。綾乃が生まれて三十年半ばの歳になる今日まで、いや昨日まで、そんなことは一度もなかった。重苦しい空気の中で、ただ京子の帰りを待つしかなかった。

しかし、いつ京子が帰ってきたのか、そして京子と何を話したのかなど、私はその日のそれから後のことは、後日思い出そうとしてもまったく思い出せない。私の頭に残っているのは、京子からの短いメールの画面と綾乃の蒼白な顔。それが二枚の写真のように脳裏に焼きついているだけだ。

京子は診断された病院でさらに、東京近郊のA病院という大きな病院を紹介されていた。そこは、自宅から車で一時間半ほどかかるところだった。

A病院で京子と私は一般の診察室ではなく、家族控室のような小部屋に通された。五十歳半ばくらいの神経質そうな男性医師と四十歳くらいの髪の長い細身の女性医師が、すでに小さなテーブルについていた。私は男性医師の差し出す手のひらの案内に従って、チンパンジーが歩くときのように背を丸めてテーブルについた。京子も続いた。

男性医師の口から空気が動いた。

「奥様のお腹ですが、すでに腹膜内に腫瘍が散らばってしまっています。しかもそれがかなり大きくなっているようですね。ステージの第三期から四期に入りかけている状態かと思います」

私は返す言葉が出なかった。医療の素人である私には、それがどういうことなのか、まったく見当がつかない。京子とて同じだろうと思った。

しかし京子は聞いた。

「どこのガンなのですか」

当事者としては当然の疑問だ。

「元はどこにあったのか、今の段階ではわかりません。子宮ガンが散らばったのか卵巣ガンなのか……」

流れるような男性医師の言葉に、京子は肩を落とした。私の気持ちは沈んだ。医者でもわからないのか、と。それでも私は黙って聞き、黙ってうなずくしかなかった。

男性医師は淡々と続けた。

「何かお聞きになりたいことはありますか?」

私の沈黙は続いた。何を聞けばいいのか、まったくわからない。

再び口を開いた男性医師から、私と京子は決断を迫られた。

「手術をするか、抗ガン剤治療でいくか、ですが、どちらでいきますか?」

私は、思わず京子を見た。目が合った。京子は目を見開いて私を見つめていた。

京子から言葉は出なかったが、その視線は「手術」と言っている。

止まることなく、いつも前へ前へと瞬間を刻み続ける「時」のような京子の性格からすれば、私はそのはずだと思った。迫りくる恐怖に押しつぶされそうになりながらも、必死で立ち向かおうとしている京子の、言葉にならない叫びがそこにあった。

私を見つめる京子の眼底から、彼女の自己存在をかけた決意の波動が伝わってくる。私は思った。自分もそうだ。手術だ。そのほうが手っ取り早いし確実だ。いや、それよりも何よりも京子が望んでいるのだから。

そこに思い到ったとき、私は少しも迷わず心からその選択に納得することができた。私は夫として、言葉に詰まっている妻の代わりに言葉を発した。

「手術でお願いします」

私は医師に告げると、再び京子の顔を見た。京子は小さくうなずいた。その表情はさっきとまったく変わっていなかったが、私の言葉に納得しているように読み取れた。

「それでは、今後のことですが……」

女性医師から手術の予定日が示され、入院などの日程やそれまでの準備について、話はただ事務的に進んでいった。

手術は二週間後に行われた。

手術を受けるときの患者衣を着せられ、複数の医師とともに手術室に向かう京子は、後ろから続く私から見るとなんだかうきうきしていて、まるでお茶会にでも行くような雰囲気だった。

京子はすぐ脇を歩いていた若い医師に、親しげな視線を向けた。

「私、お腹は前にも切ったことがあるんです。娘を産むときは帝王切開だったものですから。あまり怖いとは感じないんです」

医師はそれに応えずに、前を向いたまま、

「そうですか」

と言っただけだった。

手術は九時頃始まった。私は控室でソファに腰かけて手術が終わるのを待った。医師の説明によると、三時間くらいはかかるとのことだった。

しかし、三十分ほどして一人の看護師に呼ばれた。まったくの予想外だった。何かいやな予感がしたが、私はその空気の流れのままに、看護師から目を離さずソファを立った。

手術室に近い小さな部屋に案内され、そこで小さなテーブルについて待っていると、先日私と京子に説明をした男性医師が入ってきた。手術着のままだった。

「奥様のお腹を開けてみましたが、ガン細胞がびっしり詰まって広がっていて、手術のできる状態ではありません。それでお腹を閉じました」

さらに私が質問するより先に、

「今後、抗ガン剤の治療に変更します」

有無を言わさぬ医師の言葉だった。

私はすかさず聞いた。

「もし抗ガン剤でガン細胞が小さくなったとしたら、手術はできますか」

「できます」

医師のその即答ぶりに、わずかに救われた思いがあった。

この手術のため、京子は十日間入院した。

その何日目かの夕方、病院から一人で自宅に戻った私に、「ばあばんち」で母親の綾乃といっしょに帰りを待っていた孫の良太は、ただ立ったまま怪訝そうな顔をした。

「ばあばは？」

「病院だよ」

「すぐくる?」

「すぐ来るよ」

いつもなら私が玄関に入ると居間で遊んでいてもすぐに走ってきて、私に思いっきり飛びついてくる良太だった。

良太は前に一度、帰宅してまだ玄関に入りきってない私に飛びつき損ね、そのままの勢いで玄関横に置いてあった鉄製のケースに頭をぶつけ、病院に運ばれたことがあった。そこで医師が傷口が広がらないようにするためか、頭を六針ほど音を立ててホチキスで留めた。良太はさすがに大声で泣いていた。私は見ていられなかった。母親の綾乃はなおさら顔をそむけていた。耳もふさぎたかったにちがいない。

しかし良太はしばらくするとケロッとして、そばにいた綾乃に聞いた。

「きょう、あたまあらってもいいの?」

私は思わず綾乃が答えるはずの言葉を横取りし、

「お前何を言ってんだ。だめだよ。当たり前じゃないか。とんでもない」

と、医師に聞くまでもなく確信をもって即答した。私はこのとき内心、なんてやつだ、と自分の孫ながらあきれていた。

そんな向こう見ずな良太だったが、このときはいつもの腕白ぶりはなかった。指をくわえたままじっと私を見つめ、ただ玄関マットの上で立ち尽くしていた。

良太が果たして私の言葉どおりに思っていたかどうかは、私は知らない。しかし、良太はそれ以上聞くことはなかった。

やがて退院して、何事もなかったように京子は自宅に帰ってきた。意外と元気な様子だった。玄関を開けて京子が顔を見せると、すかさず良太がかけ寄ってきた。

「ばあば、どこいってたの？」

ほっとしたような良太の、明るい問いかけ。私は良太が飛びつきはしないかと気を配りながら、一瞬応えあぐねている京子の代わりに口を開いた。

「病院だよ。前にも言ったじゃない」

私はわざとそっけなく答えた。私自身、そのことにあまり触れたくないからだ。事を細かく説明すること自体、今の私にとっては恐怖だった。また詳しく話をしてやっても、事の次第が二歳半の良太に呑み込めるはずはないと、私は思っていた。それがただ私自身の逃げ道にすぎなかったにしても、その考えを押し通すしか自らの気持ちの平穏を保つすべはなかったのだ。そして、京子の病の話に良太をなるべく巻き込みたくないということも、私の口が重い理由にあった。

幸いに良太の思いは年齢どおり単純そうに見えた。ただ一途に京子を待っていた良太は、事実、ばあばが帰って来さえすればよかったのだ。今ここに、京子がいる。良太にとってこれ以上のことはない。良太には難しい理屈はいらないのだ。

私はそう思って気持ちを落ち着けた。そして結局、それ以上の説明はしなかった。


それから、京子を伴っての病院通いが始まった。抗ガン剤の投与、経過観察、検査など、通いは週一日から三日だった。

私はこのとき定年まであと一年あったのだが、京子に付き添うため、仕事をやめた。京子の通院が始まる前から、良太は午後幼稚園から帰ってくると夕方綾乃が仕事を終えて迎えに来るまで、ほとんど毎日京子と過ごしていた。

すでに退職してはいたが、小学校の教師だった京子は良太を飽きさせなかった。良太のやりたいことはできる限りやらせ、とことんつきあった。

あるとき京子は太いペンで大きな目玉をいくつも作り、それを切り取って良太の好きなところに貼らせた。スリッパ、テレビのリモコン、掃除機など。それだけで部屋の中は良太のワンダーランドに変身した。

良太が絵を描くと、京子は部屋の壁に貼らせた。やがて部屋の壁という壁は、良太の絵でいっぱいになった。その一枚一枚の絵の下に、京子は描いた日と何を描いたかを記しておいた。さながら、良太美術館だった。良太はいつも満足そうにそれらをながめ、さらに自分の好きな絵でいっぱいに家中の壁を埋めていくのだった。

良太は折り紙が大好きだった。しかし思いどおりにいかないときはかんしゃくを起こし、折り紙をくしゃくしゃにして泣き叫んだ。そんなときは、たいがい私が我慢できずに、

「良太、うるさい。いいかげんにしろ。そんなことなら、もうやるな」

と、怒鳴る。すると良太の泣き声はさらに大きくなる。

「怒らないで。お願い。良太は悪くないの。良太を怒らないで」

京子はひたすら懇願した。そして、そんなときは自分の体の状態もかまわず、決まって暴れようとする良太を思いっきり抱きしめているのだった。

私にはそんな京子を理解できないときもあった。ときには怒ることも必要ではないのか、と。

私がイライラして怒鳴りたいとき、京子は良太と同じ高さにひざを折り、良太の両手を取って、静かに噛んで含めるように話しかけている。良太は口をへの字にしてゆがんだ顔をびしょびしょにしながらも、素直にうなずいている。そのうちに泣き叫んでいた良太の顔はだんだんとゆるみ、頬を伝っていた涙は徐々に乾いていく。

私はそれを見て、声を呑み込むのだった。

「おれにゃ、できねえ」

私はいつもため息をついていた。感嘆の吐息だった。京子の秘められた力に脱帽するばかりだった。

ある夏の暑い日、良太は京子とともに二階のベランダで梅を干した。ベランダは照りつける太陽にまともにさらされていた。

「あち、あち」

良太は喜んで裸足でベランダに飛び出たが、すぐに部屋に飛び込んできた。

「良ちゃん、ほら、サンダルはいてね」

京子はすぐに、用意しておいた子ども用の履き物を良太に差し出す。私もそこにいるにはいたが、ただの見物のつもりで見ていた。

「もう、時期がちょっと遅いのよね。良ちゃん、ここにたてに並べて。あっ、落とさないようにね。そうそう、じょうずね」

京子は見ている私と日なたでかがんで梅を並べている良太に、同時に話しかけていた。

「ばあば、やぶれてるのはどうするの？」

「いいのよ。そのまま並べてね」

良太も京子も汗だくだった。

良太がうまくできていなくても、「良ちゃん、じょうずね～」などと言いながら、京子はそのあとを黙ってさりげなく直していた。

終わったあと汗を拭いてもらって、たった今自分が並べた梅を見ながら京子のひざで食べるスイカは、良太にとって最高のものだったにちがいない。いつでも、何をしていても、良太は自然と京子のひざに向かうのだった。

数や文字のおけいこも、いつも京子がお手本を書いてやっていた。良太は京子が書くのをじっと見ていて、書き終わるとすぐにそのあとをなぞるのが大好きだった。もっともそれは、京子の書いた点線からは大分ずれていることのほうが多かったのだが……。

良太がせがんで米とぎをやると、米がそこらじゅうに散らばった。

「良ちゃん、お米とぎ、じょうずね〜」

と言いながら、京子はそれらを丹念に拾い集めて、またもとの入れ物に戻していた。

私はそれを、いつもあきれて見ていた。

「おれにゃ、できねえ」

「良ちゃんは、何でもやる気があってすごいわね〜」

京子はいつも良太をほめていた。京子といっしょだと良太は何でも喜んでやった。

しかし京子が病院通いをするようになってから、良太はこの「ばあばんち」で、母親といっしょに京子の帰りを待つことが多くなった。

「ばあば、どこいってたの？」

もうすぐ三歳になろうとする良太は、その後も日を変えてよく私に聞いた。

「病院だよ」

「どうして？」

「ぽんぽんが痛いからだよ」

良太にとって、いつもいるはずの大好きなばあばがいないということは、大人が考える以上に大きな出来事だったにちがいない。

同じことを京子にも聞く。京子が帰ってくるたびに、聞く。大好きなばあばがここにいる。良太はそのとき、満たされた気持ちになっていたことだろう。少しおおげさに言えば、不安な気持ちでいた自分の心の中に、再び幸せが訪れた思いだったにちがいない。

「ばあば、どこいってたの？」

直接京子に聞くときは「ど」に力がこもり、問いただすような口調だった。そこには、

（ばあば、ぼくのしらないあいだに、どこにいっちゃったの？　ぼくのだいすきなばあばなんだから、ここにいなくちゃだめだよ。どこにもいかないでね。ぼくをおいて、いかないでね）

という意味が込められているのだろう。

（ぼくのばあばを、なにかがとろうとしている。それがなんだかわからないけど、ばあばがつれていかれようとしている）

幼い唇から発する言葉の中に、良太のそんな直感が読み取れた。その直感が不安となって、霧のように良太の小さな体を包み込んでいる。

「ばあば、どこいってたの？」

私は良太のその言葉を聞くたびに、胸がつまる思いがした。

## 三 「治療」の果て

抗ガン剤治療のためには三日の入院が必要となる。検査や体調の観察、投与後の体調の変化に備えるためらしい。

投与は入院二日目に行う。翌日までに何も起こらなければ、退院となる。これを何週間か間をおいて、数回続けるのだ。これが効いてくると、ガン細胞の大きさを表すマーカー（数値）が、少しずつ下がってくる。

しかし、下がっても完全にはガン細胞はなくならないし、また副作用もでてくる。薬の種類や本人と薬との相性にもよるのだろうが、髪の毛が抜けたり、吐き気をもよおしたりする。だが、それが効いてくると、体調のよいときはカツラをして外出などもできる。その状態を寛解《かんかい》というのだそうだ。

そういうとき、京子は持ち前の社交性を発揮し、カツラをするのを苦にもせず積極的に外出した。彼女はカツラをする手際もよかった。

「ごめんね。今日は友だちとお茶会なの。お昼は冷蔵庫に冷やし中華が作ってあるから食べてね」

鏡に向かい、手で柔らかくカツラをなでながら私に話しかけていた。

「わかったよ。気をつけてな」

私は特に表情を変えることなく応えながら、そんなときの京子の姿から目を離すことが、なぜかできなかった。

この寛解の時期、京子は二度目の手術を受けた。一度目の手術は行うには行ったが、ガン細胞がはびこっていて、開腹した直後に閉じたという経緯がある。今回はガンの元はどこなのか、それを突き止めることも目的だった。考えられるのは卵巣と子宮ということだ。手術前、いずれにしてもそれらをこの手術によって摘出するかどうか聞かれた私は、元凶を断ちたいという思いから、摘出を承諾した。

二度目の手術は、最初のときほどは私も緊張しなかった。

終わったあと、私は小部屋に呼ばれた。私が医師と対面して席についたテーブルの上には、四角の銀色に光る皿があった。そしてそこには透明なビニール袋に入った、うす茶色をした楕円形のゴムまりのようなものが置かれていた。

「これは奥様の子宮ですが……」

手術着のままそれを手に取って、対面していた医師がしゃべり始めた。以前も会ったことのある四十歳くらいの髪の長い細身の女性だ。疲労の色濃く、ほてったような顔が汗でぐっしょり濡れている。

「ここにガン細胞はありませんでした。元はここではなかったようですね」

「はあ……」

私は何とも言えなかった。

それを見ながら、私は摘出の希望なんてしなければよかったと思った。娘の綾乃の温かな揺りかごだった。それを寒空に放り出してしまった。京子の母としての核心の喪失を招いてしまったことを私は悔やんだ。

この後悔と懺悔の思いは、その後もずっと私の胸にくすぶり続けていた。

抗ガン剤により小さくなったガン細胞がそのままの大きさでいてくれればいいのだが、しばらくすると必ずまた大きくなってくるのだった。マーカーが上がるのでそれがわかる。おそらくそれが再発ということなのだろう。京子の場合、それは数ヶ月単位で起こり、いわゆる寛解の期間はあまりにも短かった。

京子の担当医は、若い女性医師だった。このD医師によると、ガン細胞の発見が遅かったから再発しやすいのだそうだ。それはまさに安堵と不安の繰り返しだった。そんな状況が京子はもちろん、私の心中にいつも暗い影を落としていた。再発してしまうと医師の処方を得て、また抗ガン剤を投与することになる。

通院の帰りの車内の空気は、だるいとか食欲がないとか、いつもそのときの京子の体調が左右していた。しかし最も大きな影響を与えていたのは、マーカーの上がり下がりだった。

「D先生に、マーカーが下がってきているって言われたわ」

「それはよかった」

「八百くらいになったって」

「そうか。でもまだまだ高いんだろ」

「そうね。だいぶね。でもいい方向に向かっているのよ、これでも」

「そうだな……」

「くよくよしないで、がんばるわ。そうだ、綾乃はどうしてるかしら。良太は幼稚園ね。電話してみようかしら。あっ、お昼ごはん、どうする？」

京子は快活に振る舞っていたが、その実、心中はどうだったのか、私は知らない。心の隅にひっかかりを感じながらも、私は表向き安堵するのだった。

しかしマーカーが上がっていると、帰りの車内の空気は重く固まった。そんなときでも京子は自分から口を開く。私は耳をふさぎたい思いにかられるが、じっと聞く。

「マーカーが上がってるんだって」

こういう情報はもうそれだけで十分だ。しかし、そういうわけにはいかない。

「二千五百くらいになっちゃった」

「そうか。だいぶ高いな。せっかく下がってきたのにな」

「先生たちが、次の抗ガン剤の検討をしてくれているらしいの」

「おれたちも、がんばらなきゃな」

京子は医療面のほかに、自分でも体にいいと思うことは実行していた。しかし、いくらいいことをしていても、私の脳裏には常に京子の思わしくない病状がこびりついていて、病気の不安を完全にぬぐい去ることはできなかった。

京子自身はどうだったろう。あのすべてを振り払ったような笑顔の中に、その輝きを妨げるような塵の存在を感じていたのだろうか。それはたぶん、自分と同じだろうと、私は思う。

今の状況ですべてを忘れられるはずはない。よくよく考えてみれば、どんなときでもそうだ。どんな人間でもまったく曇りのない生活などあるはずがない。人が暮らしていく中では、必ず何らかの憂いを含んでいるものだ。それらにちがいがあるとすれば、大きいか小さいかの問題だけだ。だとすれば京子のような病の真っ只中にある人間だって、気持ち次第で明るく前向きに生きられるはずだ。

再発は考えたくなかった。もしそうなるとしても、前向きに生きることは忘れたくなかった。それが京子といっしょにいる意味であり、ともに生きている自分のためでもあるのだ。京子も自分も納得できる人生をつくりだすことが、この病気に打ち勝つことだと、私は思っている。そういう意味では、結果がどうあれ、病気に負けることはないのだ。納得できる生き方をすれば、誰でも人生の勝利者なのだ。

現状では、再発の恐れは十分にあった。ガンが見つかったとき、すでにステージの第三期から四期に入りかけている、と医師に告げられている。かなり進んでいた。これが再発の可能性を大きくしているのだ。前に使った抗ガン剤はもう効かないということなので、別の薬を使う。

これがほぼ二年半続いた。


ある日、担当医のＤ医師がＣＴの映像を示しながら、何事もないように言った。

「もう三島さんに効く抗ガン剤はありません。これからは緩和ケアに移ります」

崖からいきなり突き落とされた気がした。

どういうことだ?

途中経過がない。ガソリンを満タンにして走り続けてきた車が、いきなりガソリンが空っぽになって動けなくなったようなものだ。それではガソリンの補充をと思ったら、それはないと言う。メーターもないので、ガソリンが減っていく途中経過もわかるはずがない。車が止まって、そしていきなりもうガソリンがないから動けません、ということだ。

今までの経過からして、この結果にたどり着くことを医師は知っていたはずだ。知っているからこそ、医師はこんな重大なこともあっさりと落ち着いて言えるのだ。今はこの段階になった、と。

それは京子がたどる道筋の途中経過にすぎず、別に騒ぐこともない予定どおりのこと、医師の日常の仕事の一部という感覚なのだろう。単なる観察経過だ。医師にとってみれば、京子のことは早く終わらせ、その日のお昼ごはんを何にしようかと考えるほうが重大なのかもしれない。

私はたたみかけるような医師の目にさらされながら、それをまともに受けまいと、平静を装った。京子がそのときどうであったかは、私は感じ取れなかった。

しかし京子は医師に正対していた。

「もう抗ガン剤はできないんですか？」

動揺を抑え、震えながら質問する京子に、D医師は同じ回答を繰り返した。

京子にとってはダブルショックだったと思う。というのは、そのCTを見たとき、はじめに医師はこう言ったのだ。

「ガンが腹膜から腸内に入り込んでいます」

私が一番恐れていたことを、医師は特別なことでもないように言った。

腸内に入り込むということは、それこそガン細胞が京子の体内の組織を侵し始めたということだと、私は受けとめた。私のイメージとして、腹膜の中ならばそこにまとまっているから、ほうきではき出すこともできる。そのほうきとは、抗ガン剤だ。しかし腸内に入り込むとなると、複雑な組織の奥底まで侵入され、四方八方がんじがらめにされたということになる。まさにすべての細胞が新たな組織として一体化し、再形成されてしまっている。京子の内臓は硬直化した粘土のようになり、徐々に生命の躍動は失われていくだろう。今私の眼前に、乾いてひび割れ、化石のようになったその姿が大きく映し出されていた。

京子は続ける。

「もう治療はしないということですか？」

「痛みを抑えることも治療です」

痛みを抑える、ということ。それは病気そのものの治癒を目指すのではなく、病気につきまとう症状を緩和するということではないのか。この医師は、もう治療の方法はない、治療はしないと宣言しているのだと、私は受けとめた。

医師を責めているわけではない。それはその時点での医師としての、最善と思われる回答だったのかもしれないから。

京子は中途半端なところだったが質問をやめた。堂々巡りを感じ始めていた私は、医師から目をそらし、唇をかんだ。

京子は口を開かなかった。一瞬京子の脳内で時が止まったのだろう。医師に質問しようにも、何と言ったらいいのか、言葉を見失ったようだった。

それまではガン細胞が大きくなってきても抗ガン剤を投与すれば、ある程度までは小さくできていた。それも腹膜内での出来事だった。この二年半それを繰り返し、多少の制限があったにせよ、体調の様子を見ながら良太と遊んだり外出したりもできていた。私は正直、闘病とはこういうものだと思っていた。これがずっと続くのだと思っていた。

しかしここで、事態は急カーブをきった。私も京子もその描く弧についていけず、振り落とされそうになっていた。目の前で治療という言葉が色を失い、みるみる透明になり、そして消えていった。京子の腹の中で何とか溢れ出るのを防いでいたダムが、一気に決壊したようだった。

診察室を出て広い待合室の椅子に腰かけた私は、自らの五体が氷の彫刻のように感じられた。そのわずかに動く目が見つめる白い床には、それを溶かしてくれる温かい文字は何も映らなかった。隣にいるはずの京子の気配さえ感じ取れなくなっていた。

京子はその後も手術を望んでいた。手術によって腹の中にはびこっているガン細胞を取り除けたら、抗ガン剤よりも確実に効果があるのではないか。私もそう思っていた。

しかしD医師はその問いに対して、首をたてには振らなかった。

「手術をすることは命に関わります。この病院ではやりません」

この繰り返しだった。このまま手術も抗ガン剤もできず、いったいどうなるのだろうと、想像することも恐ろしかった。

手術には当然リスクも伴う。しかしこのまま抗ガン剤を使えず、「痛みを抑えることも治療」だという方針のもとで症状の緩和のみ実施し、大もとのガン細胞を放っておいたらどうなるのか。結果は見えている。増殖にまかせるだけの話だ。

しかし、これは医者の言っていることだ。それを飛び越えることはできない。私はなすすべもなく病院の指示に従うしかなかった。京子もそうだったと思う。

京子はこのときから寡黙になった。それが京子の、人間としての当たり前の望みを絶たれた悔しさを表していると、私は思った。

# 四　白い悪魔

京子は体調の思わしくない日が多く、通院日のほかは、いつも自分の部屋のベッドで横になっていた。私は京子を疲れさせないようにと、用のあるとき以外はなるべくそっとしておいた。

しかし京子がある日、久し振りに私の部屋にきて、控えめに口を開いた。

「ね、ちょっといい？　あの、関西のほうに、私のこの病気の専門医療機関があるみたいよ。Ｂ病院って言うんですって」

京子はわらにもすがる思いでパソコンに向かい、インターネットで探し当てたらしい。

関西になじみのうすい私は、もちろんその病院のことはまったく知らない。それどころか所在地の地名も、病院がどこにあるのかも全然わからなかった。しかし私は、一も二もなく行くことに同意した。すでに仕事を辞めていた私には、時間はたっぷりとはいかないまでも、余裕はあった。

京子が探し当てたＢ病院は、家から六百キロ余り離れていた。しかし、私も京子もためらわなかった。京子の話のあと、すぐに病院と、その近くのホテルに予約を取り、京子の容態を診てもらうことにした。

遠距離なので新幹線で行くべきだが、すでに京子の体は電車での移動に耐えられなくなっていた。私の運転する車で高速道路を突っ走った。

Ｂ病院は十階建てで、鷲が大きく翼を広げたような形をしていた。周囲に高い建物がなかったので、遠くからでもその威容を望むことができた。私も京子もその大きさと形にまず圧倒された。

広いロビーに入ると待合い用の固定された椅子が何十列も並び、その横にあるカウンターの内にいる事務服を着たベテランらしき女性が、私と京子を見て出てきた。鋭い観察眼で、この二人が遠来の患者らしいと感じ取ったらしかった。私たちはさらに奥の受付に案内され、いろいろ質問されたあと、ある診察室の前で待機するよう指示された。

エスカレーターで吹き抜けになっている二階に上がると、広い待合い所は患者でごった返していた。京子は空いていた隅のソファに横になって呼ばれるのを待った。私は立ったままだった。

すぐに声がかかり、看護師に従って診察室に入った。医療機器などがびっしりと並んでいて、ここが診察室かと思われるほど広かった。パソコンなどの器具が置かれたテーブルの前の椅子に、がっしりした体つきのいかにも老練といったE医師がこちらを向いて座り、京子を迎えた。

「三島といいます。よろしくお願いします」

E医師はにこやかに言った。

「三島さん、遠くから来たんだねえ。もっともここは、遠くから来る人が多いんですよ。沖縄から来ている人もいるからね」

それは、自分たちのような患者だろうと、私は推測した。そう聞くことは心強かった。

この病に苦しんでいるのは自分たちだけではない。京子のような患者はたくさんいるのだろう。それらの人たちがここを頼って来ているのだ。ということは、このE医師はそういった患者たちを治療した、たくさんの事例を持っている。その実績を元に京子は診てもらえるのだ。私は素直にありがたいと思った。

以前テレビにも出演して、多くの人に名が知られているというE医師は、年齢からすればかなりの高齢に見えた。そこで検査をした京子のデータを見ながら、しわまでもふくよかに見えるその容貌から飛び出した言葉に、私は躍り上がりたい気持ちを抑えられなかった。

京子の手術は可能だと言うのだ。

不安材料もいくつか挙げられた。しかし京子も私も、心中ではそのことはすぐにクリアした。何よりも手術できるということ、この事実が重大な慶事だった。

その場ですぐに入院の予約を入れ、滞在していたホテルに戻った。

関東に戻る車中から見る景色は、来るときとちがって明るい息吹に満ちていた。

しかし、ただ一つ不安があった。それはこの診察結果を関東のA病院にどう伝えるか、そして果たして病院がそれを認めてくれるかどうか、だった。

A病院の担当医であるD医師に詳細を恐る恐る話すと、

「わかりました。それはセカンドオピニオンということで、よくあることです。紹介状は書きます」

と、こちらをふり向きながら言った。それは、B病院での診断を快く承諾したと映った。

しかし、すぐに続けた。

「こちらとしては、手術は勧められません。前にも言ったように、今の状態で手術は危険です」

その後、A病院の担当医であるD医師に京子と私は呼び出され、B病院やそこでの手術についての話があった。そして同じチームと思われる、最初に京子の手術をした男性医師の口より出る言葉は、やはり手術の危険性だった。

「前にも申し上げたように、手術をすることは大変危険です。お勧めできません。このようにして出ていった患者さんは今までもいました。しかし、またここに戻って来られた方は、ほんのわずかです」

私は黙って聞いていたが、やがて、こういった医師の言葉にさらされることはB病院に行くための儀式のようにも思えてきた。

担当医のD医師の口から出た、「セカンドオピニオン」。自分には耳慣れない言葉だ。もちろんその意味など知る由もない。もう一人の医師のあるいは病院の見解と治療、ということだろうか。どんな意味をもつのだろう。私は首をかしげた。

二人の医師の話が終わり、説明の部屋から京子の病室に戻った私は、尽きない思いをめぐらしていた。

しかし私にはそんなことより、今は患者にとって時間が大事に思われた。時の猶予はない。一日でも早く紹介状がほしかった。幸い、「紹介状は書きます」と、担当医のD医師は、はっきりと言ってくれた。

京子も私も、この病院や医師に逆らうつもりは毛頭ない。ただ、京子が患者として一命をかけて手術を望んでいるので、私は同じ覚悟をもって、それをかなえてあげたいと思っていた。

紹介状をもらうとすぐに速達で送った。

現在京子は腸閉塞を起こしているため、食事は取ることができない。生きるための最低限の栄養は右胸の管から入れる点滴で摂取している。点滴液の入っている袋はリュックサックに入れ、私が運転する自家用車の車内に置いておくことになっていた。リュックサックの中から出ている管は本人の右胸に通じている。それは絶対に切り離せない。だから京子が車外に出るときは、それを本人が背負って出ることになっている。


京子が発病して三年目の晩秋だった。B病院に行く予定の半月ほど前、京子はガン細胞のために腸の動きが鈍くなり、内容物の処置でA病院に緊急入院していた。そのため京子は直接、A病院から関西のB病院に転院というかたちになった。

出発の日の早朝、私は車でA病院に行き、病室に京子を迎えに行った。容態は、前に一度診察のためB病院を訪れたときよりも悪くなっていたが、それでも京子はすでにベッドに起きあがって待っていた。かたわらには、点滴液の入った袋を入れるリュックサックが置いてあった。

私は京子を気づかいながら、入院している部屋がある五階から一階の玄関まで、ゆっくり時間をかけて降りていった。

幸いにどちらの病院も高速道路網が整備されている地域にある。しかし長い距離はどうにもならない。渋滞を想定しない状況でも、途中休憩を含めて移動にかかる時間はおよそ十時間。一日分の点滴液は用意したものの、不安はあった。

しかし、京子の気持ちはすでに転院先のB病院にあった。ガン細胞が腸内に入り込み、腸閉塞を起こして飲むことも食べることもできないという状態を打破したい、という一心だった。

途中休憩は三度取った。小用のトイレにいくのに車からやっと降りた京子は、私につかまり、ときどき座り込みながら何とかたどりついた。車椅子があればと、そのときほど思ったことはない。

高速道路のサービスエリアはどこもごった返していた。京子が車を降りるときは、そばに置いてあるリュックサックを背負わせなければならない。それだけでも一仕事だった。やっと車を降りると私の腕につかまりながら、一歩一歩確かめるように京子は歩く。時折、人の流れに取り残されて座り込む京子の横で、私は周りの人々の様子をただぼうっと眺めていた。

パーキングは明るい雰囲気だ。誰もが狭い車内から解放されて、動きも軽やかに、そして声も高らかになるのだろう。みな、われ先にとトイレに向かう。京子に気を向ける者などほとんどいない。

しばらく座っていて体力が回復したのかどうか、私にはわからなかったが、やがて京子は何も言わず、また私につかまって通路の隅を歩き出す。

女子トイレの前で京子の手を離す私は、気が気ではない。トイレの中に消えていく京子を見送りながら、京子に何かあったとき、そばに親切な人がいてくれればいいのだがと、私はそれだけを祈っていた。

以前、私は京子に車椅子を勧めたのだが、彼女は拒否した。まだ大丈夫ということだったのだと思う。自分はそこまで弱ってはいないという自負があったのだろう。しかし無理矢理にでも使わせるべきだったと、このとき私は後悔した。理由は二つある。一つは車椅子そのものの効用。そしてもう一つは、トイレの近くに車を止められることであった。

夕刻にはB病院に着いた。

病院の車椅子を借り、長い手続きと検査を済ませて病室に入った。その日、E医師は不在だった。E医師はB病院の専属ではなく、月に数回訪れるということだった。担当医になったF医師は、三十代後半くらいの男性医師だった。三日後、F医師から京子の病状と手術についての詳しい説明があった。

そして話の結びは、一か八かの手術になる、覚悟をもって臨んでほしい、というものであった。

京子も私も決心は変わらなかった。

手術はそれから十日後だった。手術の前日、綾乃が新幹線で、すでに五歳の誕生日を迎えていた良太を連れて見舞いにやってきた。

良太は母親の尻にくっついて、おずおずと京子の病室に入ってきた。

「良ちゃん、どうしたの？　ばあばだよ」

綾乃が腕を後ろに回して、良太を促す。

「ばあば」

良太は解き放たれた猟犬のようにベッドの端に走り寄った。

「良ちゃん、ありがと。来てくれたのね。早くよくなるからね」

それだけで、京子は言葉をつまらせた。

「ばあば、いつかえってくるの？」

子どもらしい性急さで、良太は自分の関心事だけを聞く。

話はいつものように、私が引き取った。

「もうすぐだよ。明日お医者さんにぽんぽんを診てもらうからね。そしたら、しばらくしたら帰れるよ。だから良太もいい子にして待っててね」

必ず帰れるという保証は、どこにもない。京子も自分もその覚悟をもってここまで来ている。しかし、良太にはそう答えるしかなかった。私の胸中に、自分自身の言葉が白々しく乾いた音を響かせていた。

だが良太はそのことには答えずに、横に立っている綾乃を見上げて、小さな声で言った。

「ばあばと、めいろやりたい」

良太の関心は常に、「今」だ。

「ばあばは疲れてるからね。あとでママがやってあげるね」

そう綾乃が言うと、いつもはだだをこねる良太だったが、このときはそのまま黙って、また京子を見つめた。綾乃も驚くほどだった。私はその不自然さに、目を丸くした。京子は心なし曲げた人差し指で、目尻をそっとふいた。

「良ちゃん、あとでやろうね」

気を取り直したのか、京子が目を赤くしながらも、良太にほほえんでみせた。一瞬、その場の空気がゆるんだ。病人の京子が見せた笑顔に一同ほっとしたのか、あるいは京子そのものの明るさに溶け込んだのか、私にはわからなかった。しかしどんなに和気あいあいを装っても、それぞれの心の内のぬぐいきれぬ不安は、絶えず空気の振動のように私に向かって押し寄せてくるのだった。

綾乃が良太を連れてきたことは、京子にとってどれだけ心強かったか計り知れない。それは私自身にとっても同じだった。また、京子の兄夫婦もその日、群馬から駆けつけていた。

翌日の九時頃、京子は手術室に入った。私と綾乃、良太、そして兄夫婦は広い廊下のソファで終わるのを待った。

良太を飽きさせないために、綾乃は迷路の本やお絵かき帳などを用意していた。しかし、良太はしばらくすると飽きて、周りをうろうろし始めた。

「良ちゃん、ちゃんと座ってて」

良太はそんな母親の声はどこ吹く風で、窓から外を見ようと跳びはねたり、手すりにぶら下がったりして、もて余した体のやり場を探っていた。

「じいじ、つまんない」

良太は私のところに来て、その膝に両手を置いた。

「良太、静かにしてて」

私には、小さな声でこれしか言えなかった。とても良太と遊ぶ気力はない。

「良太くん、しりとりやろか」

そんな良太の様子を見かねてか、京子の兄が良太に誘いをかけた。良太は喜んで乗った。そうして兄夫婦が交代で良太の相手をしてくれていた。私の気持ちは少しは軽くなったが、兄夫婦に礼を言う余裕はなかった。黙って目をつむったり床を見つめたり、ときどき周囲を見回したりしていた。

十二時前にE医師が出てきて、小走りで近寄る私に、廊下で立ったまま簡単な説明を始めた。小腸、大腸、十二指腸などの一部を切り取ったが、ガン細胞はすべて取り除いたということであった。

安堵した私に、さらに午後三時過ぎ、担当医のF医師から、手術はうまくいったという話があった。その際、採取したというガン細胞を見せてもらった。小さなこぶのようなものがいくつも合わさって、ひとつのかたまりになっていた。医師の許可を得て触れてみると、その白い悪魔はとてつもなく硬かった。正月の鏡餅を砕いたあと水で濡らして磨いたような、つるつるした固形物だった。

「これを感受性試験に出します」

感受性試験とは、このサンプルを使って、これにどのような抗ガン剤がどれだけ効用を示すのか調べることらしい。私は困難な中にも、強力な助っ人を得たような気がした。

午後四時過ぎ、京子はＩＣＵ（集中治療室）に入った。酸素吸入をしていたが、私の問いかけに目を少し開け、うなずいた。この瞬間、私は心から「手術はうまくいったんだ」という実感にひたることができた。

その後、私は同じホテルに部屋を取っていた綾乃と良太、そして群馬の兄夫婦といっしょに早めにホテルに戻った。

翌日、綾乃と良太は兄夫婦とともに、笑顔で帰途についた。

# 五　異郷にさまよう魂

手術後も京子の入院生活、そして私のホテル住まいは続いた。

手術直後、B病院の担当医師から、「手術はうまくいったと思います」という言葉を聞き、私は目の前の霧が晴れた思いがした。

しかし、事はそう簡単には進まなかった。一番大きな難点は、同じF医師の話によると、腸はつながったがそのうち一カ所、極端に曲がっているところがあって、そこがうまく流れてないと言うのだ。つまり手術前と同じように、食事は取れないということになる。

私は再度の手術についても問い合わせたが、メリットよりもリスクのほうが大きいということだった。

リハビリが始まり、京子はがんばってそれに取り組んだ。もしかしたら、それにより腸の曲がりが少しでも改善できるかもしれない。私も京子と同じ希望をもった。

リハビリの担当者が病室に京子を迎えにきてリハビリ室に連れていき、一時間ほどして京子は戻ってくる。京子は戻ってくるやいなや、ベッドに倒れ込む。

リハビリは思ったよりハードなようだ。しかし京子はやめようとしなかった。担当者も無理をしないようにと、再三言ってはいたのだが……。

ある日担当者の提案で、リハビリがつらいときは、病院の同じ階の廊下を歩くということにした。その病棟は中央が吹き抜けになっていて、そのまわりがぐるりと廊下になっている。そこを一周か二周するのだ。京子の病室は五階にあったので、廊下をめぐりながら望む窓からの景色はすばらしかった。

京子は点滴のスタンドを杖がわりにして、小さな歩幅でゆっくりと歩く。私はその斜め後ろを京子の歩調に合わせてついていく。

途中に、狭いのだが、遠くの山々が見渡せる休憩所があり、私と京子はいつもそこに座って体を休めた。休憩所はぐるりと回った廊下の北側にあり、その存在すら見落としそうな窓ガラスの向こうには寒々とした空が横たわっていた。私と京子は、どちらからともなく休憩所に入り込んでいくのだった。そこでの京子との会話は、病室での話題とちがってゆったりとしていて、手放しで明るかった。

京子も私も病気の不安にさいなまれているのだが、お互いそれを意識の深いところに追いやって、仮想の世界に遊ぶ。二人で申し合わせた訳ではないが、いつの間にかそれらを共有するようになっていた。

話題は孫の良太のことが多かった。良太は二人にとって、幸せの象徴だ。

「良太の嫁さんになる人は大変だな。あいつはやんちゃだから、それをよくわかっている人でないと……」

「もう候補がいるわよ」

「へえ〜。だれ？」

「美咲ちゃんっているでしょ」

「ああ、あの赤ちゃんのときから知ってるっていう……」

「あの子は良太のことが大好きらしいの。良太も美咲ちゃんのことが好きなのよ」

「そうなんだあ。あの子はやさしいし、いいかもな。でも良太じゃ大変だぜ」

「美咲ちゃんは良太のことをよく理解してるわ。そうなると綾乃も大喜びよ」

「でもそれが、嫁と姑となるとまた別問題じゃない？」

「大丈夫よ。それにママ同士も仲がいいし」

「じゃ綾乃もそうなると幸せだ……。おっと、ずいぶん先の話をしちゃったな。子どもなんて大きくなるにしたがって視野も広がるし、出会う人もたくさんいるからな。あやうい話だぜ」

「そんなことないわ。良太はそういうところは不器用で変に真面目だから、変わらないかもよ」

「でも美咲ちゃんはどうかな？」

「あっ、そうね。美咲ちゃんはかわいいし、やさしいし、男の子にもてそうね。そうなったら、ちょっと悔しいかも……」

　京子も私も声をあげて笑った。

　また別の日、京子の夢だった書道塾を開くということが話題になった。京子は書道の師範の資格を持っていた。

「よくなったら、書道塾をやるんだろ？」

「よくなったらの話ね」

「そうなるさ。時間はかかるかもしれないけど」

「そうなったら、良太が生徒の第一号ね」

「でも良太じゃ言うことを聞きそうにないなあ」

「大丈夫よ。なんとかしつけるわ。あの子はやるときはちゃんとやるのよ」

「そうかねえ。手や顔を墨で真っ黒にしている良太を見たら、みんな逃げ出すんじゃないかなあ」

「そうかもね」

京子も吹き出した。

私にはそんな話の一つ一つが、今の自分たちにとっては何だかとてもぜいたくに感じられた。

この季節、遠くの山々は冬の光に弱々しく霞んでいる。そうかと思うと、時には勢いよく、また静かに風花を送り届けてくる。私との会話がとぎれると京子は真顔に戻り、疲れたのか決まってそんな窓からの景色を、ただぼうっと見つめているのだった。

しかし、京子がどんなにリハビリや廊下の歩行をがんばろうとしても、点滴による栄養だけでは限界があった。さすがの京子も気力の萎える日が多くなってきた。それでも毎朝ホテルから通う私が病室に入ると、京子は元気な姿を見せようとするのだった。それはむしろ痛々しい姿だった。

そんなとき、私は思う。何のために治療をしているのだろう。生きるためか。それはそうだ。では生きるとはどういうことか。京子のように身も心もボロボロになり、それを外面繕いながら苦しみ抜くことなのか。

それでも京子は生きることを選択している。自分がもし京子の立場だったら、どうしているだろうか。私には京子と同じ選択をする自信はなかった。ではどうするのかと自問したとき、明らかな答えは出てこない。自分自身が今この問題に直面していないからだ、と私は思った。

他人事なのだ。どんなにがんばって考え抜いても、京子のそばに毎日ついていても、しょせんは自分の身のことではないのだ。自分がギリギリの立場に身を置かない限り、自分の答えは見出せないのだ。

京子、すまない。お前のことを心底わかっているような顔をしているが、やはりお前の立場に本当に身を重ねることはできない。

人を愛するということは、相手のすべてを受け入れることだと、私は思っていた。良きも悪しきもすべてである。そうであればこそ私は、今まで京子を少しでもわかろうと努めてきた。わかっているつもりだった。しかし今、苦しんでいる京子をどれだけわかっているのか。独りよがりであったかと、私は自分を責めた。

そんなある夜、病院からホテルに帰る車の中で、私は胸を締めつけられるような孤独に襲われた。頭の中でさまざまなものが渦を巻いている。

見も知らぬ夜道。灯りの閉ざされた家々。ときどき現れるコンビニやもう閉店となっている何だか得体の知れない店。行きかう車のナンバープレートを見ると、私の愛車と同じ地域のものは、ない。

私は突然、頭が真空状態のようになるのを感じた。同時に今までの思考の糸がぷっつりと切れた気がした。

あれ？　今、自分はこんな夜に、どこへ行こうとしているのだ。今、何をしているところなのだ。何でこんなところにいるのだ。暗い。いったい、この暗さは何だ。夜か。それとも長いトンネルなのか。こんな右も左もわからないところで、自分はいったい何をしているのだ。とめどなく湧き起こる、自分そのものへの疑問。

私の方向感覚は次第に麻痺してきた。視界もだんだんとぼやけてきた。私はハンドルにすがり、前のめりになった。周りは霧が巻いたようにうすぼんやりしている。私は何度か車を止めようとブレーキを踏んだ。しかし、止めるまでには到らなかった。

やがてわずかな光を投げかけているコンビニを見つけると、愛車を止めた。私はそこで運転席にあお向けにもたれかかり、座ったまましばらくボーッとしていた。今まではまったくなかった感覚が立ち上がってきた。

それは京子とは切り離された、自分だけのものだった。誰一人として知ることのない、浮草のようなホテル住まい。そこに戻って自分の気持ちを放り投げても、受けとめてくれる者はいない。そのまま自分の魂は迷いながらどこかに行ってしまいそうで、必死になってつなぎ止めるしかなかった。

ホテルは安らぎの場ではない。そこにいる間は自らの魂を失いかねない、恐怖の時間帯だった。

絶えず渦を巻いてフロントガラスを流れる霧。今、追いつめられた私の脳内に危機を感じた本能的な平衡感覚が、この緊迫状態をもとに戻そうと忙しく駆けめぐる。それが私の鬱屈していた精神のドアを、一気に開け放った。

私はハンドルに突っ伏し、腹の底から叫んだ。

「帰りたい！　自分の家に、今すぐ……」

だがそれは夜空の花火のような、ただの瞬間の、しかも不完全燃焼にすぎなかった。今、自宅へ帰ることなど、到底できるはずはない。

しばらくして煙だらけの花火が収まると、私は燃え残った思いを投げ捨てることもできず、ぶつける相手もいないことを改めて悟るしかなかった。

おそるおそる顔を上げると、コンビニの灯りが冷たく揺れている。埋火のようになった私の思いは、徐々にそれらに溶け込み、やがてどこへともなく消え去っていった。

私はしばらくの間、余韻の波に漂っていた。が、やがて気を取りなおし、寒々とした空洞のような心と体を抱えながら、またいつものホテルに向かって愛車を走らせるのだった。

## 六　セカンドオピニオンの幻想

関東に戻る日が決まった。

この直前A病院は、B病院で手術をしたあと、地元に戻って抗ガン剤による治療を再開したいという京子を、再び受け入れてくれることになっていた。B病院の渉外担当者らしき人物が、A病院と電話でやり取りし、京子の希望も何度か聞きにきながら、話を進めてくれていたのだった。

関西のB病院が進めた抗ガン剤の感受性試験をもとに、これから京子の体に有効な抗ガン剤による治療が、関東のA病院で始まるだろう。事は順調に運ばれているという感触が、私の中に湧いてきた。

三月初旬。雨の中の帰途となった。

戻るにあたっては、京子がここに来る前に入院していた関東のA病院が、受け入れてくれることになっている。しかしB病院の医師によると、こういうことは珍しいらしい。だから過日、その話をもってきたB病院の医師は、

「よかったですねえ。こういう状況で一度病院を出た患者を、再び受け入れてくれる病院はなかなかないんですよ」

と、パフォーマンスにも思えるほど、不自然に大げさに言ってみせた。

しかし、京子はA病院に戻ることを迷っているようだった。いざそこに戻ることが現実となって迫ってくると、いろいろな不安が頭を駆けめぐり、なかなか決められないらしいのだ。それは私も同じだった。

後日それを同じ医師に告げると、こう言われた。

「でも、A病院を断ったら、ほかの病院にはなかなか受け入れてもらえませんよ」

京子は、不安を伝えようとした。

「このB病院では婦人科だけでなく、消化器外科とか泌尿器科とか、ほかの科との横のつながりで連絡を取り合ってくださって、私も総合的に診ていただくことができました。それは、すごくありがたかったです。でも、A病院では担当の先生にお願いし

ても、結局、ほかの科を紹介していただけなかったんです」

私が口をはさんだ。

「それぞれの科が別々で、『縦割り』とでもいうのでしょうか」

医師はこの言葉に反応した。

「その『縦割り』というのは、病院の問題ではなく、医師個人の考え方だと思いますよ。だからそういう場合は、病院にお話ししたらいいんじゃないですか」

「ああ、なるほど、そうですか」

半信半疑ではありながらも、そういうものかと、私は思った。

医師は続けた。

「A病院を断ったら、おそらく抗ガン剤をやってくれる病院は、ほかにはないでしょう。せっかくそこが受け入れてくれるというのだから、行ったほうがいいと思いますがね」

それに納得したかどうかわからなかったが、京子は今抱えている不安な気持ちを吐露した。医師は京子の点滴を無造作に確認しながら聞いていたが、

「ああ、そう。そういうふうに感じる、ということね」

と、そんなことは何でもないというように、京子を軽くあしらった。少なくとも、私の耳にはそう響いた。「感じる」に、力がこもっていた。それは、「そんなに心配しなくても大丈夫ですよ」という言葉どおりのメッセージなのか、京子の気持ちをただ沈静化させるためだけのものなのか、それとも京子から飛んでくる不安たっぷりの矢の標的の位置から自分自身が逃れるためなのか、私には判断がつきかねた。

いずれにしても医師の言葉と振る舞いからは、今はそんな気持ちのことなど言っている状況ではない、何が何でも京子にA病院に行ってもらわなければ困る、という意思がありありと浮かんでいた。

それにしても、関東のA病院と患者の転院についてやり取りをするB病院の渉外担当の相談員が現れてから、関東に戻る話が一気に加速した。そのことに私はとまどいを覚えている。おそらく京子もそうだろうと思った。

とにかく今のところ事は順調に運ばれているのかもしれないと、私は無理にでも自分自身に言い聞かせていた。こういう形で元の病院に戻れることは幸運らしい。当の医師が言うのだから、それはそのとおりなのだろう。

しかし、どうしても私にはあのときの、「よかったですねえ……」という医師のパフォーマンスが気にかかっていた。その言葉や振る舞いも、あまりにもわざとらしかった。私はなるべくそのパフォーマンスなど気にしないよう、それを意識の片隅に追いやっていた。

関東に向かう高速道路は土砂降りだった。雨は容赦なくフロントガラスを襲う。私はときどき車のワイパーを速めた。それでも私の視界は瞬時に奪われた。前の車を追い越そうとして追い越し車線に入ると、水の上にタイヤが浮く感覚がある。そのたびに私はアクセルをゆるめた。

京子は助手席でぐったりしている。来たときと同じく点滴のリュックサックを抱えて……。急がなければならない。

夕刻、A病院に着いた。

その日の早朝、B病院での入院治療費の支払いに手間取ったこと、高速道路での休憩を多めに取ったこと、そして一日中雨だったことなどが重なって、到着予定時刻よりも大幅に遅れてしまった。さらに私自身に余裕がなかったこともあって、電話連絡もしてなかったのだ。

ナースステーションに土産を持って詫びに行ったときも、そんな心配をするよりも電話一本ほしかったと叱られてしまった。私はそれはもっともなことだと思い、自らの至らなさを恥じた。医師や看護師に対してだけでなく、京子にも申し訳ないと思った。

私は恐縮して丸めた体で京子とともに、看護師の案内する病室に入った。看護師の応対は以前と変わるところはなかった。私は少しほっとした。

間もなくドアを叩く音がして、以前担当医が不在のとき診察してくれていたG医師と、その後ろから事務職らしき服装の女性が控えめに入ってきた。

G医師はこちらに向かって歩きながら、大声で開口一番、

「三島さんも聞いてると思いますけど、ここでは抗ガン剤は行いません。緩和ケアということで受け入れましたので……」

いきなりのけんか腰だった。笑顔であいさつをしようとしていた私は、その間もなく頭から冷水を浴びせられたような感覚に襲われ、全身が一瞬で硬直した。

「あの、B病院でお伺いしたのは、こちらに戻って抗ガン剤治療を続ける、ということだったんですが……」

と、相手の心証を害さないように気を配りながら、私の記憶にあった事実をやんわりと伝えるのが精一杯だった。

後ろの女性が話を引き取った。

「私はあちらの病院の方と、そのことについて電話でやり取りしたんですが」

と前置きをして、自らも確かめるようにゆっくりと話を進めた。

「あちらの電話口の方にそのことをお話ししましたら、ご本人に聞いてみます、ということだったんですね。そして後ほど、『それでいいから受け入れてほしい』と伺いました」

話がちがう。

B病院で緩和ケアのことを聞かれた覚えは、ない。手術のあとの抗ガン剤は地元のほうが近くていいでしょう、ということだった。そして、A病院を断ったらおそらく抗ガン剤をやってくれる病院はほかにはないでしょう、ということもB病院の医師の口から、はっきりと聞いた。地元に戻って緩和ケアなどということは、まったく話題に上っていなかった。

B病院とA病院で、言っていることが正反対だ。これではどう好意的に見ても、どちらかが患者に虚偽の話をしているとしか思えない。いったいこれは……。私の胸に大切に育て上げてきた医療への信頼と膨らんでいた治療への希望が、一瞬にして瓦解した。

抗ガン剤をやらないという条件で京子を受け入れたという話だが、B病院との申し合わせを証明するために、わざわざこの事務職らしき女性はG医師にくっついてここへ来たのだろうか。どうしてそんなことを改めて証明する必要があるのだろう。

もしかしたら、京子と私はB病院とA病院の申し合わせの事実を何も知らないから、ここで知らせる、ということだったのかもしれない。つまりこれは、A病院はB病院に京子という患者を押しつけられてしまったが、かといって抗ガン剤をするつもりはない、という意思表示だったのだ。

「それじゃ、ここでは抗ガン剤をやっていただけない、ということなんですか？」

京子がそう言い終わらないうちに、G医師はイライラした口調でたたみかけた。

「前に担当医からお話があったと思うんですが、もうあなたに効く抗ガン剤はないんですよ。たとえあったとしても、あなたは手術で腸を切っているので、腸がダメージを受けて、次の日に死亡することにもなりかねません。抗ガン剤をやったために、寿命が逆に縮まるかもしれないのです」

人の命に関わる医師という高度な専門職の人間が、凄みを利かせて迫ってくる。

私も京子も、もう言葉が出なかった。

私たちは病院や医師と対立するつもりなど一切ない。本当に、円満な合意とお互いの信頼のもとに、このA病院に戻ってきたと思っていた。それも、ただ患者としての京子の希望に添って、結果責任は負う覚悟でお願いをしているだけなのに、なぜこんな対立の図式になるのか、まったくわからなかった。

「このあとカンファレンスがあるので、あと一〜二時間したら、また来ます」

と言い置いて、二人は出ていった。

私も京子もじっと押し黙っていた。視線を床に落としたまま、私は自分の息づかいが次第に荒くなっていくのを感じた。

「まるで密約じゃないか。おれたちの知らないところで……」

言いたくはなかったが、このような感情が私に押し寄せてきた。私はそれを止めることができなかった。

B病院にいたとき、京子の転院についてA病院と交渉していたという担当者は、幾度か京子の病室に入ってきて、説明をした。その中で、抗ガン剤をやらないことがA病院の受け入れ条件だとはひとことも言わなかった。

「二つの病院が、ぐるになっておれたちをだましていたっていうことだな。とんだお笑いぐさだ」

私の悔しい思いは止まらず、ついまた口汚く言ってしまった。

京子はベッドの上で力なくうなだれている。私は、親切にしてくれたB病院を悪く言いたくはなかった。だが、これは信じたくない事実だった。私は頭の中で自分の言葉をモニターし、言葉を抑えようとしたが、悔しさがその蓋を押し上げてきた。

「結局は、B病院でもおれたちは厄介者だったんだよ。そこで抗ガン剤をやって、面倒なことになるのがいやだったんだな。だから、地元で治療を続けるのがいい、なんて言っていたんだ。結局、最後は病院の都合さ。体裁のいい追い出しだ。今の医者の話を聞いて、よくわかったよ」

「面倒なことって?」

「命に関わる事態だよ。B病院はそれを避けたかったんだ。それで逆に、A病院はそれを押しつけられたと思っているんだよ。『なんでB病院で手術した後始末を、こちらがやらなければならないんだ』ということかもしれない。もしかすると、B病院は俺たちが思っていたよりも腹黒く、したたかなのかもしれないな」

「そうね。A病院のほうが、案外真面目に考えてやってくれていたのかもしれないわね。生真面目すぎるくらいに……」

京子は大きくため息をついた。

私は、ここに戻ることが決まったときに聞いた、B病院の医師の言葉を思い出した。

「よかったですねえ。こういう状況で一度病院を出た患者を、再び受け入れてくれる病院はなかなかないんですよ」

今、A病院の医師たちの言葉や態度を考えると、残念ながらそう思わざるを得なかった。同時に、あの「よかったですねえ」という言葉は自分と京子に向けられていたものではなく、実はB病院とそこの医師のためだったのだと気がついた。

その後、担当医だったD医師や先ほど来て話をしていったG医師のほか、数名の医師が入ってきた。私の気のせいかもしれないが、それぞれの医師の目つきが以前と比べ冷たく、顔が硬くこわばっている感じがした。

大きな失敗をして先生に叱られる子どものような気持ちがした。ああ、私と京子はよほど悪いことをしてしまったのだ、と素直に思わざるを得なかった。

このチームのチーフらしき医師が、無表情のまま口を開いた。以前京子の二度目の手術をして、子宮を摘出した女性医師だ。

「B病院で手術をしたのだったら、化学療法もその病院でしてほしかったですね。それから、今後この病院にいるのならここの方針に従ってください」

ああ、私と京子はA病院の方針に背いてしまったのか？　そう受けとめつつも、医師の言葉の意味がわからず、自分たちが言われているという実感がまったくなかった。あるのは、自分たちがA病院の医師たちの心証を著しく害してしまったという畏れと、実体をつかめないままぐるぐると空回りをしている後悔の念だけだった。

医師は腕組みをして病室の壁に寄りかかりながら、言葉を継いだ。

「ここで、できるだけのことはしますから」

それを聞いて京子は少し安堵したようだった。

続いて、担当医は今までどおりD医師であることを告げられた。そしてあのG医師が、抗ガン剤治療について先ほどと同じ話を繰り返したあと、一行は出ていった。

京子も私も石のように固まっていた。こちらの命を預けている病院や医師たちの心証を害してしまったのだとしたら、取り返しのつかないことだ。幾重にも謝りたいと思う。どうしたら許してもらえるのだろうか。それとも、もう手遅れなのだろうか。それをひたすら考えていた。

今にも消え入りそうな京子の息づかい。京子が何を思っているのか、私にはわからない。私はその沈黙に耐えきれず、京子の肩にそっと手を置いた。そこから伝わるかすかなぬくもりは、か細い骨格に閉じ込められた、京子の捨てきれぬ思いのように感じられた。

## 七 「鎮痛」の代償

京子はその後、二十日間ほどで退院した。

ほどなくして京子の意向をくんでか、最初に京子の手術をした神経質そうな男性医師から抗ガン剤治療の提案があった。私と京子は喜んで説明を聞いたが、それは副作用も少ない替わりに最大限効いても現状維持というものだった。

それではやらないのと同じではないかと思え、私も京子もがっかりしてしまった。

それから四ヵ月ほど経った七月の終わり頃、京子は自宅で激しい腹痛に襲われ、午後救急車でA病院に搬送された。担当医のD医師は不在でG医師が対応した。

救急病棟の狭い診察室に呼ばれた私は、そこでG医師と対面した。G医師は勢いよくしゃべり始めた。それを聞くべき私の耳は、ただ音を取り入れる機械になっていた。

「すい臓と十二指腸がダメージを受けて炎症を起こしています。まわりの臓器に影響がいかないように、薬を投与します」

医師は表情を変えずに続けた。

「この様子だと三日もつかどうかわかりません。親族の方を呼んでください。あっ、それから、延命措置はしませんので、よろしくお願いします」

私はG医師にさらに詳しく聞く余裕もなく、あせる気持ちを抑えて娘の綾乃に、次いで群馬にいる京子の兄夫婦に携帯で連絡をした。

京子はそのまま入院となった。その後も京子の激しい痛みは治まらず、担当医であるD医師の指示により、痛み止めとして初めて「モルヒネ」を使い始めた。京子の容態は何とか持ち直したが、予断を許さなかった。

二十日ほど経ったある日、担当医であるD医師が京子の病室に来てこう告げた。

「ここは入院の期間に制限がありますので、このまま治療が長引けば、入院制限のないC病院に移っていただくことになります。ここからちょっと離れてますが、じっくりと治療できますよ」

そして急に親しげな顔になった。

「ここの病院の医師も数名ですが、決まった曜日にC病院に行ってるんですよ。あっ、G先生も週一回ですけど行ってます」

私は顔を合わせることがないよう祈った。その思いは自分でも止めることのできない、蓄積した負の感情だった。

一週間後、京子はC病院へ転院となった。A病院から車で三十分くらいの道のりだった。娘の綾乃も良太を連れていっしょに来た。京子は心強く感じたようだった。

その病院は人家がぎっしり立ち並んでいる町中にあり、四階建てではあったがA病院と比べると敷地も狭く、私にはあまりにも小さく感じた。京子は三階のベッド数六の大部屋だった。

到着して手続きを済ませると、すぐいくつかの検査があった。私と綾乃は部屋の横にある談話室で京子を待った。良太は綾乃の傍らで、自分で持ってきた迷路の絵本の何ページ目かを鉛筆でたどっていた。

しばらくして検査が終わったらしく、京子が点滴のついたスタンドをころがしながら談話室にきた。疲れはあまり感じてないようだった。

良太はすぐに走り寄り、いつものように慣れた様子で、

「ばあば、いっしょにめいろ、やろ」

と、京子の手を引いた。

「あっ良ちゃん、あぶないから引っ張っちゃだめ」

綾乃が叫んだが、京子はうれしそうにもう片方の手でスタンドをころがしながら、良太の横に腰かけた。

私は口元をゆるめてそれを見つめていた。

良太はやりかけの迷路の絵本を広げた。私から見てもかなり複雑そうな迷路だった。

「良ちゃん、こんなにむずかしいのができるようになったの？　すごいわねえ」

良太は黙って絵本の中の迷路に鉛筆を走らせていた。一つのページが終わると、良太は次のページをめくる。

「こんどは、ばあばがやって」

「良太、ばあばは今はできないから……」

私が言い終わらないうちに、

「じゃ良ちゃん、貸して」

京子は良太の鉛筆を受け取り、迷路をたどりだした。良太はわき目もふらず、それをじっと見つめていた。

「ちがうよ、ばあば。こっちじゃん」

「あっそうか。良ちゃんよくわかるわね。きっともうたくさんやって、慣れてるのね」

良太はうれしそうな顔をした。しかし京子の鉛筆を取ろうとはせず、その先を目だけでいっしょに追っていた。たぶん京子の息づかいを身近に感じながら……。

翌日の午後、Ｃ病院へ行くと私は院長に呼ばれた。ナースステーションに入り、カウンターのすぐ横の椅子に座るとすぐに院長はしゃべりだした。私と同じくらいの年格好だが、背は私より低く頭髪は大分上がっていた。

院長はＡ病院からの申し送りの内容や検査の結果を踏まえて、京子の病状をひとしきり説明したあと、重い口調でこう言った。

「もう、がんばらなくてもいいんじゃないですか」

この想定外の言葉に、私は混乱した。

今までの京子の闘病を「もうやめたらどうですか?」と言っているのだろうか。そうしたほうが楽ですよ、ということなのだろうか。患者の家族としての立場にすぎない、私の理解能力を超えている。その意味がわからなかった。しかし、「それはどういうことですか?」などとは聞けなかった。専門家が言っていることだ。黙ってそれを呑み込むしかなかった。

この先生の言うことは正しい。それに疑問をもつことは愚か者のすることだ。もっと言えば、悪なのだ。その思いが脳内をかけめぐり、私の言葉を封じ込めた。しかしそれは、私なりの解釈からすれば、どのように考えても受け入れがたい提案だった。

私は病室に戻り、寝ている京子のそばに座りながらも、すぐには先ほどの光景を消し去ることはできなかった。

病気が現実なのはわかる。京子の容態からすれば、医療の視点ではすべてにおいて浪費につながるのかもしれない。しかし患者が生の人間で、自分の病気のことで思い悩み、苦しんでいるということは現実ではないのだろうか。それでも「生きたい」と願う心は罪悪なのだろうか。私はそんな自問を繰り返していた。決して医療に反抗するつもりはない。患者として、いや人間としての正直な心境だ。

その後、積極的な治療というより経過観察という状況が続いたが、C病院での京子の経過は比較的順調で、医師が説明した今後の病態の可能性の中では、いいほうに流れていった。とは言っても、決して治癒に向かっていったわけではない。急激な病状の悪化を防げただけのことである。ガンという病そのものは、静かに確実に進行していった。医者は淡々としていた。しかし私は、とりあえずではあっても、この幸運に感謝した。

一ヵ月余りで京子はC病院を退院した。

自宅からA病院への京子の通院が再び始まった。しかし徐々に自力で歩けなくなっていった。私は車椅子を購入した。点滴や投薬、急な発熱や体調不良などのため、ときどきは訪問看護師が訪れた。

しかしその年の十一月中頃、高熱と激しい痛みのため、急きょ同病院に搬送された。土曜日で休診だったので、救急外来だった。その際診察に当たったのは、前にも診てもらったG医師だった。

彼は病状の説明をしたあと、いつものように表情を変えず、早口でまくし立てた。

「担当に聞いてみましたが、『痛みを取ることは難しい』と言われてしまいました。担当が月曜日になると来るので、いったん入院としましょう。それとガン細胞が大きくなっていますね。途中で亡くなるかもしれません。前にも言ったので繰り返しになりますが、延命措置はしません」

それで、私は部屋を出された。

医者の言葉は非常にリズミカルであった。

痛みを取ることは難しい、とはどういうことなのだろうか。私は痛み止めにモルヒネを使うことは知っていた。しかし、それは最後の手段であるという理解だった。そのモルヒネも、もう効かないということなのだろうか。あるいは以前D医師の言っていた、痛みを抑えることも治療であることを京子に思い知らせるために、ここでいったん痛みを放置するという方針なのだろうか。もちろんそれもこれも、医者への恨みごとではない。あくまでも患者としての素朴な気持ちだ。あれこれ推測しようとしても、そのレベルは私の頭脳をはるかに超えていた。

月曜日の朝、見慣れない一人のベテランらしき医師を囲んで数人の医師が病室に入ってきた。担当医のD医師、それと土曜日に搬送されたとき対応したG医師も付き従っていた。

ベテランらしき医師は、横になったまま自分を見つめる京子にひとしきり話したあと、

「痛み、なんとかしますからね」

「お願いします」

聞こえるか聞こえないかの声で、京子が応えた。

ベテランらしき医師はすかさず、明らかにG医師に向き直って、いかにも諭す口調で言った。

「ほら、お願いされてるんだから」

言われてちょっと顔をあげたG医師は、マスクをしたままかしこまった様子で、ベテランらしき医師の動きに合わせて退出の用意をしていた。私は温かさと同時に言い知れぬ恐怖を感じた。

彼らが出ていくと、部屋の空気が静まった。

「心配ないよ。あんな偉い先生があぁ言ってるんだから」

京子は小さくうなずいた。それは色あせた心の切れ端が、わずかな風に揺らめいているようだった。

この日から私は病院の簡易ベッドを借り、京子の病室に寝泊まりすることにした。

## 八　蜉蝣の「時」

年明け早々、私は回診に来た担当医に呼ばれ、廊下で話を聞いた。

「奥さんはがんばっていると思います。ほかの人だったら、十一月に入院した時点で、一週間もったかどうか……。奥さんは気丈だからここまでもったのだと思います。でも、もう最期に近づいています。モルヒネも多くなっています。モルヒネは呼吸抑制作用があるので、いつ心停止になるかわかりません。それが三日後か、一週間後か、一カ月後か……。いずれにしても、ご主人はその覚悟をしておいてください」

気丈、最期、心停止、覚悟。これらの言葉が、私の心に重くのしかかってきた。

今朝、京子は目覚めた。しかし、明日の朝、同じように目覚めるという保証はない。

それは医師の言うとおり、事実なのだろう。

私は、朝に生まれ、夕べにはその命を終えるという虫を思い出した。

「蜉蝣、か」

私は思わず、その虫の名を口にした。消化器官はないという。いったい、何のために生まれてくるのだろう。詳しいことは私にもわからない。思いが立ち止まり、真っ白になった私の念頭に京子の姿が浮かんできた。京子もまた、食事はとれない。消化器官の一部が取り除かれている。

廊下を去っていく医師の背中から病室のドアに目を移した私は、思わずつぶやいた。

「京子。まるで、蜉蝣だ」

私は自分でも驚くほど勢いよく病室のドアをあけた。が、そのとたん室内の清廉な空気に諭され、京子の寝ているベッドの横にあるソファに静かに座った。京子は傍らで静かに寝息を立てている。


京子は、痛みとの闘いに明け暮れていた。痛みを緩和するために、主に「モルヒネ」が使われた。

京子は、はじめそれに抵抗があったようだ。それは麻薬であり、犯罪というイメージにつながったらしい。しかし医師の説明や自らの耐え難い痛みなどから、京子はすぐに受け入れたように、私には思えた。納得していたかどうかは、わからなかったが……。

「モルヒネ」と「呼吸抑制作用」。この関係は私の頭の中に深く刻まれた。痛いときにモルヒネを使う。痛みは緩和される。しかしこれを繰り返していけば、使う量が増え、心停止に行き着く。今の京子の状況からすれば、それは時間の問題だ。

医者は、痛みをがまんすることはないと、京子に優しく言う。看護師も京子が要求すれば、モルヒネを使う時間の間隔こそ確認していたが、ためらうことはない。

私は、「抗ガン剤をすると、逆に寿命が縮まる」という、前に医者から言われた言葉を思い出した。そして今、緩和ケアでも「痛み止めの薬(モルヒネ)によって早晩呼吸が止まる」と聞いた。いずれにしても、行く先は安泰ではない。

このときから私は、京子がモルヒネをほしがるとき、

「モルヒネは使いすぎると呼吸を止めちゃうらしいぜ。今は、がまんできないかな?」

などと言うようになった。それを、耐え難い痛みに襲われている京子が、素直に受け入れるはずがなかった。

ある日、痛みに耐えかねてナースコールのボタンを押そうとする京子に、

「あの、もうちょっとがまんできないかな」

あせりながらも声を抑えて言う私に、

「昭夫さん、うるさい。どうしてそんなにいじめるの」

京子は首を振りながら叫んだ。私は突然なので驚いた。

「いや別にいじめてるわけじゃないけど、それは呼吸を抑えてしまうらしいんだよ。よくないんだよ。前にも言われたように……」

なおも冷静を装って淡々と言い続ける私だったが、京子は耳を押さえた。

私は黙った。

やがて看護師が入ってきて、前に注入した時刻との間隔を確かめ、今回の京子の要求に応じた。

その後も相変わらず「痛みをがまんすることはありません」という医者の優しい言葉は、病室内に浸透していった。京子が要求すれば看護師はせっせと注入してくれていた。

この薬は幻覚症状が出たり、攻撃的になったりすることもあるらしい。おそらくそれで、今までの京子らしからぬ言動も表れているのだろう。私はとまどったが、それも受け入れていかなければと思っていた。

数日後、京子はまたC病院に移された。ここへの入院は二度目になる。京子の容態は決してよくはなく、うとうとと眠っていることが多かった。

節分、立春と、季節は足音もなく通り過ぎていく。

京子は自分で寝返りを打つことも難しくなってしまった。しゃべることも思うようにできなくなってきている。口の筋肉が動かないようなのだ。体の筋肉もそうなのだろう。大分硬くなってきている。

水を飲もうとしても、手でコップを持って支えられない。震えてしまい、コップを口に持っていくどころか、下へ下へといってしまう。少ししか水を入れてないからこぼれないが、たとえ半分でも入っていれば、こぼれてしまいそうだ。結局、私がコップを持って飲ませてやる。しかし、飲み込むのに時間がかかる。

あるとき、飲んでもそのままにしているので、私が、

「もっと飲むか?」

と聞くと、小さくうなずきながら、

「すべ、て、が、ダメ、に、なっ、てる」

ボソッと、京子が言った。

「でも、痛みは大丈夫だろ。よくなってるところだって、あるぜ」

私は、それ以上は言えなかった。

痛みがないのはモルヒネという麻薬のせいだ。いやそれは麻薬の効果だと言うべきなのだろう。また、痛みがないという言い方は正確ではなく、痛みを感じないと言うべきだろう。いずれにしてもそれが京子の毎日を、たとえわずかではあっても快適なものにし、そしてそれとは裏腹に、京子の生活そのものをじわじわと奪っていこうとしているのだ。

京子の怖れと不安、それが一体となった嘆き。それに対して私が出す安堵の対案は、徐々に手づまりとなっていく。

京子は目に見えて弱っていった。

酸素吸入をしたまま、ただ横たわっているだけになってしまった。しかし私が、

「おれが見えるか?」

と聞くと、

「うん」

と応える。しかし、その程度。ただうなずくだけ。体は動かず、言葉も出ない。

私はだんだん孤独になっていった。京子に置いていかれるような気がしていた。

それまでは医師が病室を去っても看護師が去っても、その後必ず京子との会話があった。いいにつけ悪いにつけ、必ずどちらかが話を切り出した。不安を即座に解決することは簡単にはできなかったが、お互いのやるせない気持ちを温め合うことはできた。今までそうしたぬくもりの中で、お互いの生を確かめてきた。

しかし――。

今、私が京子の病室で感じるのは、自分の息づかいと、自分のちょっとした動きがソファベッドでかすかに擦れる音だけ。空気はまったく動かない。時折、医師や看護師が入ってきて何かしゃべる。その声も固まった空気の抵抗で重苦しく感じる。そして彼らが出て行ったあと、すぐにまた空気の固まりは元どおりになる。

数日後、京子はもう水をほしがることもなくなった。歯磨きを頼むこともなくなった。

しかし、その夜、

「寝返りをするか？」

と聞いたところ、うなずいた。それで私があお向けから左向きにさせようと思ったら、京子は左足を立てた。両腕も少し上げた。

「おっ、動かせるじゃん。昼間は動かなかったのに。いいねえ。よかったぜ〜」

私ははずんだ声で、その動きに応えた。

そんな些細なこと一つ一つに感情が入り込んでくるような、そしてほんの少しの風で揺らいでしまうような、京子と私のやり取り。今までお互い仕事を持っていた二人は、普段はすれちがいが多かった。こんなふうに話すのはこの境涯になってからだ。

京子が目を開けた。

私は京子の背中をさすりながら、

「何か、言いたいことがあるのか？」

京子はしばらく何か言いたそうにしていたが、やがてゆっくりとかすかに口を動かし、言葉を絞り出した。

私はすぐに読み取れた。

「カ、ツ、ラ……」

「おう、カツラな。わかってるよ。明日、綾乃と良太が来る前に出すから、心配するな。おれがいるから。お前にいやな思いはさせないぜ」

京子は、綾乃や良太が来るので身支度のことを気にしていたのだ。綾乃と良太に会うのに、この病態でなおも今までどおりに振る舞おうとしている。

C病院の院長は、すでに「もう、がんばらなくてもいいんじゃないですか」と、その立場を降り、我々の観客になっている。

A病院のG医師は、「延命措置はしません」と、ただ自らの立場を繰り返し強調するだけだ。

そして、担当医のD医師は、もはや「そのとき」を告げるのみ。

そう思っても、私は病院や医師たちを責めたり批判したりする気持ちは毛頭ない。それは京子の容態からすれば、医者の立場として、当然のことだと思う。

しかし、あえてそれを前提として言えば、この医師たちにとっては残念ながら、京子は「死」というものを見ていない。今の一秒一秒、一瞬一瞬の「生」の世界をゆっくりと生きている。今の京子にとっての一秒は、普通の人間の一日と同じくらいなのだろうか。それとも……。

私はその思いを抱えきれず、かたわらの白い壁に目を移した。そこに小さなしみがあった。それを見て、私はふと、またあの虫を思い出した。朝に生まれ夕べには消えてなくなるという、その虫。

「蜉蝣、か。京子……」

私は、知らずつぶやいた。

京子にとって、すでに過去はなくなっている。すべてが「今」、この一日。京子は今、蜉蝣の「時」を過ごしている。

京子はうわごとのように言った。

「綾乃、を、迎、えに、いか、な、けりゃ」

「綾乃？　良太だろ」

「綾、乃。くる、み、ほい、く、園。遅、れ、ちゃう」

今、京子が言っているのは、孫の良太ではなく、娘の綾乃のことだ。

私と京子は共働きだったので、娘の綾乃が幼い頃は、ある保育園に早朝から夕方遅くまで預けていた。もう三十年以上も前のことだ。

主に京子が綾乃の送り迎えをしていたが、多忙な教員生活の中で迎えが遅れてしまうこともあった。そのようなことが、今ぐるぐると時を超えて走馬灯のように頭の中を駆けめぐっているのだろう。

「ごめんね。今日綾乃の迎え、お願いできる？　急に生徒指導が入っちゃって、まだ帰れそうにないの」

別の仕事場にいる私に、急きょ電話がかかってくることもあった。しかし、私とて、いつでも対応できるものではなかった。まるで綱渡りのような子育てだった。迎えが遅くなり、閉園の時刻がわずかでも過ぎると屋外に出された幼い綾乃は、自分の荷物を持ってぽつんと迎えを待っていた。もちろん先生も一人ついてはいたが……。

「大丈夫だ。綾乃はおれが迎えにいく」

私も若い父親に戻る。

そうして幼い綾乃の姿が思い浮かんだそのとき、私の胸で、ある記憶が点滅していた。それは京子の二度目の手術の記憶だった。あの手術のとき、私は京子の子宮の摘出を承諾した。そのために京子の、母としての核心の喪失を招いてしまったのだ。取り返しのつかない事実。私は安易な決断をした自分を、その後も許せないままでいた。

しかし――。

今、京子は蜉蝣の「時」の中で、綾乃の名を呼んでいる。目の前の立ちこめる病の霞を払いながら、母として幼い綾乃を捜している。それは私の胸でくすぶり続けていた後悔と懺悔の思いをも、同時に払い除けてくれているような気がした。

私はもう一度京子の耳もとでゆっくりと、なだめるようにささやいた。

「京子。心配するな。綾乃は、おれが迎えにいくから。大丈夫だ。おれがいくから」

京子はそれを聞き終わるか終わらないうちに、病の眠りに落ちていった。


二日後の夕方、私はソファでうつらうつらしていた。すると京子のか細い声がした、

「お～い、お～い」

「京子、どうした」

「はな、火、はな、花、火、だ～」

「花火が見えたのか？　そりゃ、幻覚だよ」

私はこう言ってから、しまったと思った。京子は、それっきり黙ってしまった。私

は、幻覚でもいい、もっと京子の声を聞きたい、京子と普通に話をしたいと思った。

しばらくして、私は耳をそばだてた。蜉蝣が力を振りしぼって羽を震わせているような、京子の声だった。

「あ、き、ら、め、ちゃっ、た、の」

「何を?」

「じ、じせ（人生）、を」

「人生をあきらめる奴は、どこにもいないぜ。命は与えられるもんだけど、人生は自分で創り出していくもんじゃないか。命ある限り、人生は続くんだよ。だから……」

私はそんな建前を言って、言葉につまってしまった。

人生をあきらめるなんて、私は京子と知り合って、初めて聞いた。何でも積極的にトライし、つらいことがあってもそれを楽しみさえしてきた京子だった。私にとって、京子こそ楽しい人生の象徴だった。

看護師が入ってきた。

「三島さん、お口のお掃除しましょうか」

「ううん」

「痰をとりましょうか」

「う、ううん」

京子は何もやりたがらない。

ほどなくして、看護師は出ていった。

京子は苦しい息の下で、やっとしゃべる。口がうまくまわらない。私は耳を大きくするが、なかなか聞き取れない。

「りょう、た、に、おし、え、なく、っちゃ」

「何を？　勉強？」

「うう、ん」

「なんだろ？　大丈夫だよ、お前はもう良太に十分教えたから。塾の先生も、良太はいろいろ知ってるし、できるし、驚いていたって。昨日、綾乃が言ってたろ。ばあばが良太にやってたことが、今花開いてるって。良太は何も言わないけど、目には見えないけど、そうなんだよ」

「うう、ん、けん、さ」

「けんさって？」

私は、さらに身を乗り出す。

「吸っ、て～、吐、い、て～」

これは良太が何かで興奮したとき落ち着かせるために、京子が自分の膝を折り、良太の手を取ってよく言っていた言葉だ。

「深呼吸？　良太がお医者さんに診てもらうとき、落ち着けってこと？」

私は必死で受けとめ、言葉を探り出した。

「ううん」

なぜ唐突に「検査」なのか、わからなかった。京子は自らの運命に順応しているのか、それとも翻弄されているのか、私にはわからない。今の、京子の世界だ。

今まで京子は、検査、検査の連続だったから、それが頭にこびりついて離れないのか。私は素直にそこに入り込み、言葉を継いだ。

「わかった。大丈夫。それは綾乃が言うから。おれも気がついたら言うから」

「つ、ら、い、ね」

「どうした。何がつらいんだ？」

「あ、き、(昭) 夫、さん」

「おれか？　おれは大丈夫だよ。けっこうやりたいことやってるし……」

余裕があるふりをして、京子に言い聞かせるように、ゆっくりと私は言葉を返した。

（ほんとに？　なんだか怪しいわね、大丈夫なんて。なんか、悪いことでもしてるんじゃないの？　調べてあげようかな～）

元気なときの京子だったら、そういうときは生真面目な私を茶化しながら、根掘り葉掘り聞いてくるはずだった。しかし今はこれだけ……。

私はその言葉の重さを受けとめた。それでもう、十分だと思った。

京子は、ほっとしたようにうなずいた。

でも京子、なんでおれのことなんか心配するんだ。そんな体で、おれの苦しみまで背負わなくても……。

私は思わずベッドの京子から顔をそむけた。窓の外は澄みきった空。夕陽に染まったちぎれ雲がひとつ、急ぐように流れていた。

## 九　良太の飛行機

わが家の京子の部屋にあった、お気に入りのスプリング付きの白いベッド。京子が入院してからも、同じところにあった。天気のよい日は陽光を浴びて温まり、準備をしてじっと京子を待っているようだった。

しかし、二月のある寒い朝、主を失った。

そのベッドは、良太のお気に入りでもあった。近くに住んでいた良太は、京子が自宅療養をしていたときも、「ばあばんち」を毎日訪れていた。

良太が来ると、京子はベッドに横になっていても、その場を譲った。すると、ベッドはすぐに遊園地のピョンピョン広場に変身するのだった。

良太が小さいときはよかったが、成長するにつれ、ベッドはギシギシと音を立てるようになった。

私はときどき見かねて注意した。

「良太、やめな。お前はもう五歳なんだから、ベッドがこわれちゃうよ」

「大丈夫よ。こわれるわけないじゃない。それより良ちゃん、落ちてケガしないでね」

いつもの京子のセリフだ。

そのベッドは頑丈だった。音は立てても、京子と良太をしっかりと支えていた。

娘夫婦は共働きだったため、良太は京子のひざで育った。

良太は幼稚園から帰ると、母親が夕方迎えに来るまで京子と過ごした。それは京子にとっても良太にとっても、至福のひとときだったにちがいない。

京子は良太がやりたがったことは、よほどのことでない限り、やらせた。お絵かき、折り紙、数や文字のおけいこ、パズル、簡単な工作、米とぎ、私が手を入れた庭の狭い畑でのナスやミニトマトの水やりや収穫。ときには梅干し作りなどもいっしょにやらせた。また、食器をふいて食器棚にしまったり、洗濯物を干したりたたんだりなど、良太はなんでも喜んでやった。

京子は自分の手に余ることがあると、私に声をかけた。私も喜んで、良太といっしょにプロレスごっこやチャンバラごっこ、自転車での散歩やボール遊びなどをやった。私自身も体を動かすことは好きだったので、良太とたわむれながら、そのひとときを楽しんだ。京子もそれをかたわらで見ながら、ときどき歓声をあげたりするのだった。

母親が夕方良太を迎えにくると、良太の遊びは一段落することになる。しかし母親にとっては、その次が大変だった。ひとしきり京子や私と話したあと、

「さっ、良ちゃん、そろそろ帰ってみようか」

綾乃は母親らしく、良太を刺激しない言い方で、柔らかく帰りを促すのだが、

「やだ。かえってみない」

良太の返事は決まっていた。あまり言うと良太は泣いて抵抗するので、綾乃は折れてしまう。そうしていつも、綾乃が言い出してから、三十分から一時間くらいは「ばあばんち」に留まる。綾乃と私は何とか良太を説き伏せようとするのだが、京子は、

「無理矢理じゃかわいそうよ」

などと言いながら、「もうけ」とばかりに知らん顔をして、また良太の相手をしだすのだ。そうすると、

「ばあば、こんどはつみきやりたい」

そんなことを言いながら、良太は何事もなかったようによいしょっとそれを持って、京子のひざに乗る。京子はどんなときでも、それを笑顔で迎えた。

綾乃も私も、しょうがないなあ、と思いつつ、良太と京子の術中にはまってやるのだった。

京子が亡くなったとき、私は自らの悲しみもさることながら、ただでさえ感じやすい良太に、どのように伝えるか迷った。

良太は京子がいなくなったあとも、「ばあばんち」に来ると、真っ先に京子が寝ていた部屋に飛び込んでいく。

「良太、その部屋に行っちゃだめ」

私は、そのたび小さく叫んだ。しかし、別に入ってはいけない理由などなかった。私自身もなぜ自分がそんなことを言うのか、わからなかった。

私があとから部屋に入っていくと、いつも良太はベッドの上にすわって遊んでいた。京子といっしょに遊んでいたときの迷路の絵本やパズルなどを、黙々とやっている。部屋の中は良太の手以外は、すべてが止まっていた。こんなに広い部屋だったかと、私は改めて思う。

良太はなぜここに来るのだろう。その理由はわからなかったが、私自身は来たくなかった。どうしても用事があってひとりで入るときなど、京子の服や持ち物が目にとまってしまう。その物を通して京子の記憶がよみがえってくる。そうすると吸い寄せられるように、そこから目が離せなくなってしまう。そうしているうちに、だんだんと胸が苦しくなってくる。

これはいけないと思って、すぐに部屋から逃れるのだった。良太はどうなのだろう。自分は大人だから、そのように感じるだけなのだろうか。

良太。

京子とあの夏の日にベランダで干した大好きな梅干しを口に含みながら、京子のいた部屋のベッドの上で今はただ一人で遊んでいる良太を、私は見つめているしかない。耳が痛くなるほどの静けさ。その沈黙が、かえって雄弁に現実を物語っている。

「ばあば、どこいってたの?」

この問いかけは、もうできなくなった。

しかし、なおも京子を求めてさまよう幼い魂に、時を置かず、もう帰ってこない京子の永遠の居場所を告げなければならない。

私は良太の両親とも相談した。しかしよい答えなどあるはずはなかった。結局、ばあばはお星さまになって、たか～いお空から良太をいつも見てるよ、というありきたりの言い方になった。

それを聞いても良太は、わかっているのかわからないのか、黙っていた。

あるとき良太は、たどたどしい手つきで京子の写真が飾ってある祭壇に、自分の飛行機のおもちゃを供えた。やはり子どもだなあ、何でもいいから自分のお気に入りを供えるのかと、私は何気なしにそれを見ていた。私は茶化すつもりで、いつものように冗談半分で話しかけた。

「飛行機かあ。かっこいいなあ。すんごい飛びそうじゃないか。でも、なんで飛行機なんだい？」

良太は、うつむきかげんにそのおもちゃの飛行機を見つめたまま、口を開いた。

「ばあばがのって、かえってくるかもしれない」

「良太……」

私は思わず口を震わせながら、良太の視界から身をはずした。

良太はわかっていたのだろうか。子ども心にばあばはもう二度と帰ってこないということを。だからせめて、自分のおもちゃに一縷の望みをかけたのだろうか。わかっていながらも、そうしなければいられない気持ちだったのだろうか……。もしかしたら、わかっていなかったのかもしれない。だから素直に、ただ素直に飛行機を信じて、それに自分の思いを託し、供えたのだろうか。

良太は座布団を踏みしめ、無造作に短い両腕をだらんと下げたまま、祭壇の京子の写真と今供えたばかりの飛行機のおもちゃを見つめている。私はしばらくの間、声をかけることができなかった。

## 十　風の中の蜉蝣

蜉蝣はさっきから羽が北風に揺らぐにまかせて、私のズボンの裾にしがみついている。

ふと、蜉蝣が下のほうでせわしなく動き始めた。ちょっと飛んではとまりながら、徐々に上がってきた。その動きに合わせるように私はぐったりと膝をつき、まだ新しい墓の線香台の両脇に手をついた。

蜉蝣は私の顔の前を飛び始めた。私はうっとうしく感じたが、そのままにしておいた。羽音は聞こえなかった。

ふいにバリバリバキバキという音が私の耳をついた。その瞬間、京子のベッドの白さと良太の泣き顔が私の眼底をかすめた。

「くそっ」

私は思わず両手にこぶしをにぎり、二度三度振った。すると高まる心臓の鼓動に紛れて、いつものようなか細い京子の声が聞こえてきた。

「昭夫さん。もういいの、やめて。そんなにひとりで苦しまないで」

蜉蝣は私の目の前の線香台の端にとまっていた。煙はまだ立ちのぼっている。そこに一瞬、京子の姿が映ったような気がした。

「京子、帰ろう。おれといっしょに帰ろうぜ。おれの周りはすべてお前を消し去っていくものばかりなんだ。おれはそれが許せねえ」

私はこぶしを硬くして墓に押しつけた。

日が陰ったらしく、あたりは薄暗くなってきた。蜉蝣の透きとおった羽は冷たい風を受け、必死に耐えているようだ。その姿態はしだいに薄い闇に溶け込み、墓石の色と見分けがつかなくなってきた。

私は目をこらしてそれを見ていた。が、やがて握っていた手を静かに開いた。

私に、ある疑念が浮かんできた。もしかしたら、実はそういう自分自身も何かと理由をつけて、京子を遠ざけようとしているのではないのか。

京子が亡くなってから、四十九日、新盆、一周忌と過ぎるにつれて、京子との記憶が薄れていく。京子と過ごした病院での日々が、目の前から消えつつある。あれほど鮮明に映っていた京子の顔が、ぼやけてきている。

私の乗った「時の電車」は、すでに走り出している。それを京子はプラットホームで見送っている。そのプラットホームは病院の暗い廊下。点滴のスタンドを持って、京子は一人たたずんでいる。

それは、A病院で京子がまだ歩けるとき、いったん帰宅する私を見送る姿だった。あのときは、「気をつけてね～」と、笑顔で私に手を振っていた。しかし今は手も振らず、黙ってただ立ったまま。私は降りて京子を連れていきたいのだが、電車は止まらない。

京子は表情もないまま、だんだん小さくなっていく。

プラットホームから遠ざかるにつれ、私は周りの景色が気になり始める。自分はこれから何をしようかと考えだす。京子のことも考えようとするが、徐々に自分のことで精一杯になっていく。京子のことを口にする回数も減っていく。

鏡のような水面に小石を落としたときのように、京子のいない世界が少しずつ広がり始めていく。やがておれはそれに慣れていき、京子のいないことに何のためらいも感じなくなるだろう。京子が本当に死ぬのは、そのときなのかもしれない。

私は思い立ったように目を上げると、立ち上がって墓標を正視した。

「京子。おれといっしょに帰ろう」

私は墓の前で両腕を広げて、指先をピンと張り、今にも飛び立つような格好をした。それは京子のベッドの上で、良太が思いっきり跳びはねているときの姿と重なった。

しかし、すぐに指先はゆるんだ。

今朝、ベッドのことで娘婿に怒りをぶつけてしまったことを思い出した。もしかしたら娘婿は何で私が怒りだしたのか、わからなかったかもしれない。興奮した私の後ろ姿を見ながら、ぽかんと口を大きく開けたままの娘婿の姿が、私の目に浮かんできた。そういえば、娘婿は京子の部屋に入ったことはないし、良太がベッドで遊んでいるのを見たこともないのだ。

私は両腕をゆっくりと下ろした。

「京子、あのときお前がいたら、逆におれをたしなめていたにちがいないな。おれを子ども扱いして、『昭夫さん、落ち着いてね。はい、吸って～、吐いて～』なんてな。良太がよくそんなふうにされていたっけ」

私は、大きく息をついた。

しかしその瞬間、京子のベッドが、ふいに彼女が入院していた病院を連想させた。そして私の脳裏に、あのときの光景が鮮やかによみがえってきた。

診察室でパソコンに向かうD医師。無表情でただ義務を果たすように早口でしゃべっていたG医師。A病院のやたら天井の高い待合室の雑踏。床だけが妙に光っていた暗い廊下。常にゴウゴウと音を立てていたコインランドリー。せかせかと出入りしていた看護師。獲物を探しているような目でこちらを見ていた警備員。そんな中で、いつもおどおどしながらチンパンジーのように肩を落とし、前のめりになって歩いていた自分。

全身に悪寒の走るような記憶の影。

私は、目の前で燃え尽きてぐったりと横たわっている線香台の灰を見つめながら、しかしそんな記憶、今となってはもうどうでもいいことだと思った。

ふと目を横に移すと、そこにはさっきの蜉蝣が、じっと留まっている。私は口をへの字にして、それを見つめていた。

今の私の記憶の中には、手でつまんで延ばしたゴムが手を放せば元に戻るように、その元の、ある一点にしか光が当たらない。その元にいるのは、京子だ。

少し元気が戻ったときにベッドに起き上がり、看護師と楽しそうに話していた京子の姿がそこにあった。病の真っ只中にありながら、短い白髪頭のやせ細った体で、看護師を見上げながら京子は笑顔に満ちていた。その瞬間の京子を、私は今まででいちばん美しいと思った。どのような状況にあっても、たとえ自分の体がボロボロになろうとも、それでも前向きに生きようとする、たくましい生命がそこにあった。

そういえば京子が亡くなるひと月ほど前、入院していたC病院に、A病院の担当医だったD医師がひょっこり訪ねてきたことがあった。ちょうど近くで医療関係者の集まりがあり、せっかくの機会なのでお伺いした、ということだった。

病室に入ってくるその姿を見て、私は目を見張った。カジュアルで質素な服装ではあったが、白衣姿のD医師しか知らなかった私には、とても医師という職業の人とは思えなかった。正直、どこのお嬢様が入ってきたのかと思った。京子もたぶんそうだったと思う。

D医師は京子がベッドで起きあがろうとすると、

「あっ、そのままで」

と、両手で柔らかく制止した。そして、壁際に置いてあった丸椅子を自分で取って京子の傍らに座り、

「どうですか?」

と、優しく問いかけた。それは今までにない声のトーンだった。

あの日、絶対に忘れまいと思った言葉。

「もう三島さんに効く抗ガン剤はありません。これからは緩和ケアに移ります」

と、有無を言わさず冷たく言い切ったあの医師と同一人物とは、とても思えなかった。

「せんせい、きれい」

京子はＤ医師のその姿を見て、こわばった口元でたどたどしく感嘆の声をあげた。実は私も同感だった。しかし次の瞬間、私は逆の言葉を京子に向けてしまった。

「何言ってるんだ。先生に対して失礼だよ」

そこでしばらくの間、言葉は途切れてしまった。

しばらくして京子が、再び口を開いた。

「いつものせんせいじゃないみたい」

Ｄ医師は微笑みながらそれには応えず、もう一度聞いた。

「体調はどうですか？」

「じつは、いたみがとれなくて……」

「薬が効いてないのかしら」

「きいてるんですけど、またすぐにいたみだすんです」

「それは、おつらいですね」

Ｄ医師はすぐには言葉がでないようだった。私はそこに、医師というよりも人間としてのＤ医師を感じた。

京子の容態についてひとしきり話したあと、私は新たな話題を向けた。

「今日は、孫が来てくれたんですよ」

D医師はパッと顔を明るくした。

「そうですか。それはよかったですね」

「でも、今の京子にとってはかえってにぎやかすぎて、疲れちゃったみたいです」

D医師は、真顔でうなずいた。

「お孫さんは、おいくつですか?」

そう問いかけられたとき、京子は顔をゆっくりとD医師に向けた。

「この春、小学校にあがるんです」

「あっ、それは楽しみですね」

「でも、とてもやんちゃで……」

「元気でいいじゃないですか」

京子の顔がいつになくほころんだ。私は安心して、京子にD医師との会話をまかせていた。

若者にありがちな無口さを見せていたD医師に、このあとも京子はしきりと話しかけていた。D医師はこのような打ち解けた場では、意外なほど静かで、ゆったりとした話し方をした。京子の容態を気づかってのこともあろうが、もともとはおっとりとした性格なのだろうと、私は思った。ときどきは、お互い小さな笑い声も誘い合った。私もそこに思わず引き込まれていた。

D医師とのこのような時間の共有は初めてだった。ともに過ごしているうちに、なぜかこれまでのことがちがって見えてきて、それらを素直に受け入れられるように、徐々に気持ちが開いていくのだった。同時に、私はそのとき、今までにない京子の姿を感じていた。

「京子。お前、あのときはD先生と本当に楽しそうに話をしていたなあ。おれなんか、おいてきぼりだったぜ。やっぱり女同士だからか？　それとも気が合ったからか？」

私は今、京子の墓石を見つめたまま、今さらのようにあの光景を頭に浮かべていた。

突然、ワサワサッという音を立てて、どこからかカラスが一羽、勢いよく墓所に飛んできた。そして京子の墓の後ろにある桜の枝に留まり、その翼を自らの勢いで生じた風にあおられながら、揺れる枝の上でけたたましく何度か鳴いた。

私はわれに返った。そのとたん、ある思いが脳裏をよぎった。

「京子、あのときD先生と話がはずんだのは、決して女同士だからでも、気が合ったからでもないよな。あれはきっと、お前とD先生の人間としてのふれあいだったんだよ。おれはもっと早く、ああいう姿を見たかったよ。でもやっぱり、医者と患者の関係じゃ、無理だったのかなあ」

そんな複雑な思いを反芻するかのように、私は京子の墓の前でじっとたたずんでいた。

風が増してきたようだ。

蜉蝣の羽が斜めにしなり、小刻みに震えている。墓石の上で、そこだけ風が見えた。必死でしがみついている蜉蝣だが、風の強まる瞬間には、今にも飛ばされそうになっていた。

私は顔を上げた。先ほどカラスの重みとその勢いに耐えていた、京子の墓の後ろにある桜の細い枝が、またわずかに揺れていた。すでに薄暮となっていたが、そこについている一つ一つの芽は、それでも私がここに来たばかりのときに見た、鮮やかなピンク色を失ってはいなかった。

「なあ、京子。また、お前とゆっくり花見でもしてえなあ。お前のとびっきりうまい煮物で一杯やりてえよ。あつあつの大根とさつま揚げと……。あの味は忘れられねえぜ」

なんだか鼻先で、煮物の匂いがしてきたような気がする。

「いいわよ。い～っぱい作ってあげる。でも、飲み過ぎないようにね。もう昭夫さんも、若くはないんだし、それに……」

ふいに、すぐ近くで風が立った。

私の足元から幾枚かの木の葉が、ほかの墓石にぶつかりながら、カサカサと音を立てて流れていく。私はハッとして、目の前の線香台の端を見た。

蜉蝣は、見えなかった。

自らの意図で飛んでいったのか、不本意ながらも風に飛ばされてしまったのか……。その先を目で追っても、小さな虫の行方などわかるはずもない。

私は、京子の墓越しに東の空を見上げた。いつのまにか暗さを増してきたその広がりに、早くもぽつんと星がまたたいている。

「京子……」

体が冷えていくのを感じながらも、私はそこから目を離すことができないでいた。

風のわたる音がかすかに聞こえてくる。


（了）

## あとがき

高台の城跡を背にして、はるか西方に利根川を望む墓地に、妻は眠っています。そこにはまた、江戸時代のご先祖様を取り囲むようにして、多くの墓石も並んでいます。古いものはほとんど風化して、墓碑銘を読み取ることもできません。しかし耳をすますと、その人たちの声が聞こえてくるようです。しゃべる声、泣き声、笑い声、誰かを呼ぶ声……。ここに墓があるということ。それはこの人々の人生が、確かにあったという証なのですね。

貧しい医療の時代ゆえ、育つことのできなかった子どもの小さな墓も少なからずあります。しかし、たとえこの世にあった年月は短くとも、彼らがかけがえのない人生を送ったことに変わりはありません。

家族はお互いそこに暮らす人に深い影響を及ぼすので、よく運命共同体といわれます。しかも、その運命はいつか知らぬ間に忍び寄ることが多く、その形や程度に違いこそあれ、子どもの人生の上にも重くのしかかってくるのではないでしょうか。

子どもといえば、実はこの作品に描かれてはいませんが、良太には二歳年下の妹がいます。妻はやんちゃな良太に気をとられて、この子にあまり手をかけてやれなかったことを悔やんでいました。

妻は病床でときどきこの孫娘のことを、

「元気になったら、良太と同じようにいっぱいかわいがるんだ」

と、つぶやいていました。

そのばあばの思いはかないませんでした。しかし今、良太といっしょに毎日ばあばに手を合わせるこの子は、この子なりにばあばの思いを感じ取っているにちがいありません。今はすっかりお兄ちゃんっ子になって、やんちゃな良太に振り回されながらも、負けずに絡みついています。

そんな良太と妹が競い合ってその日にあったことを報告する仏壇の前は、二人の通信簿やいろいろな作品であふれています。もちろん狭い壁にもびっしりと貼られ、その作品たちの自由気ままなおしゃべりが聞こえてくるようです。もしかしたら妻は、ほほえみながらも少々疲れ気味になっているかもしれません。

良太は六年生になりました。

「なんだ、良太。手に提げればいいのに。何のために持つところがついてるんだよ」

良太は週末洗うために持ってくる上履き袋を、手に提げず必ず胸に抱えてきます。私はそれを不思議に思い聞いたのですが、良太は何も言いませんでした。変わったやつだなと思いつつ、私はそのままやり過ごしていました。

でもあるとき、私はふっと思い出しました。良太がしばらく前に、上履き袋を持って私のところに来たことを。

「これ、かったの？　だれかがつくったの？」

私は、何で改めてそんなことを聞くのかと、いぶかしく思いながらも、

「ばあばが作ってくれたんだよ」

と、何気なく答えました。

すると、良太は立ったままその上履き袋をあごではさむようにして、大事そうに両手で胸に抱きしめたのです。

あの不思議な行動のわけがわかりました。

「ばあば、どこいってたの？」

宙にさまよっていたこの問いかけの答えを、良太はきっとここに見つけたのでしょ

う。そして、それをもう二度と離すまいと……。

そのとき私の目に映っていたのは、蜉蝣がしがみついている病葉をそっと拾い上げ、両手で温めているような、そんな良太の姿でした。それは、「ばあばに会いたい」と一心に思い続けていた良太の、ささやかな到達点だったのかもしれません。

家族の運命の一端をその幼い身に引き受けた良太でしたが、これが新たな人生への出発点となるよう、私は祈らずにはいられませんでした。

令和三年七月

五嶌　幸夫

## 著者プロフィール

**五嶌 幸夫**（ごとう ゆきお）

1952（昭和27）年８月19日生まれ。群馬県出身、埼玉県在住。
2012（平成24）年、妻の病の介護のため、小学校長を辞職。
〈受賞歴〉
●青少年読書感想文全国コンクール第60回記念シニアの部（全国学校図書館協議会・毎日新聞社主催）金賞
●第３回人生十人十色大賞（文芸社主催・毎日新聞社後援）文芸社特別賞
そのほか、エッセイ・読書感想文コンクール等、入賞６回

**蜉蝣《かげろう》の記憶**

2021年７月15日　初版第１刷発行

著　者　五嶌 幸夫
発行者　瓜谷 綱延
発行所　株式会社文芸社
〒160-0022　東京都新宿区新宿1－10－1
電話　03-5369-3060（代表）
03-5369-2299（販売）

印刷所　株式会社フクイン


ISBN978-4-286-22745-0